सुरुचिपूर्ण एवं प्रेरणादायक सचित्र जीवनी

महान धर्मरक्षक

गुरु गोबिंद सिंह

विराग गुप्ता

हिन्द पॉकेट बुक्स

पेंगुइन रैंडम हाउस इम्प्रिंट

हिन्द पॉकेट बुक्स

यूएसए | कनाडा | यूके | आयरलैंड | ऑस्ट्रेलिया | सिंगापुर
न्यू ज़ीलैंड | भारत | दक्षिण अफ्रीका | चीन

हिन्द पॉकेट बुक्स, पेंगुइन रैंडम हाउस ग्रुप ऑफ़ कम्पनीज़ का हिस्सा है,
जिसका पता global.penguinrandomhouse.com पर मिलेगा

पेंगुइन रैंडम हाउस इंडिया प्रा. लि.,
चौथी मंजिल, कैपिटल टावर -1, एम जी रोड,
गुड़गांव 122 002, हरियाणा, भारत

पेंगुइन
रैंडम हाउस
इंडिया

प्रथम संस्करण हिन्द पॉकेट बुक्स द्वारा 2014 में प्रकाशित
यह संस्करण हिन्द पॉकेट बुक्स में पेंगुइन रैंडम हाउस द्वारा 2022 में प्रकाशित

10 9 8 7 6 5 4 3 2

इस पुस्तक में व्यक्त विचार लेखक के अपने हैं, जिनका यथासंभव तथ्यात्मक सत्यापन किया गया है, और इस संबंध में प्रकाशक एवं सहयोगी प्रकाशक किसी भी रूप में उत्तरदायी नहीं हैं।

ISBN 9789353491765

मुद्रक : मणिपाल टेक्नॉलजीस् लिमिटेड, भारत

www.penguin.co.in

FSC www.fsc.org MIX Paper | Supporting responsible forestry FSC® C043100

This is a legitimate digitally printed version of the book and therefore might not have certain extra finishing on the cover.

हिन्द पॉकेट बुक्स

महान धर्मरक्षक

गुरु गोबिंद सिंह

गुरु गोबिंद सिंह सिखों के दसवें गुरु थे। उनका जन्म बिहार के पटना शहर में हुआ था। उनके पिता गुरु तेग बहादुर के बलिदान के उपरान्त 11 नवंबर सन् 1675 को वे गुरु बने। वे एक महान योद्धा, कवि, भक्त एवं आध्यात्मिक नेता थे। उन्होंने सन् 1699 में बैसाखी के दिन खालसा पंथ की स्थापना की, जो सिखों के इतिहास की सबसे महत्वपूर्ण घटना मानी जाती है। उन्होंने धर्म की रक्षा के लिए मुगलों या उनके सहयोगियों के साथ 14 युद्ध लड़े। गुरु गोबिंद सिंह ने पवित्र ग्रंथ 'गुरु ग्रंथ साहिब' को पूरा किया और इसे ही सिखों का शाश्वत गुरु घोषित किया। त्याग, बलिदान और स्वाभिमान उनके विशिष्ट गुण थे। इन्हीं महान राष्ट्रनायक की जीवनी दी गई है, इस पुस्तक में।

तो आइए पढ़ें, गुरुजी का पावन जीवन और देश की एकता, अखंडता और उन्नति के लिए प्रेरणा लें।

क्रम

महान धर्मरक्षक
गुरु गोबिंद सिंह

गुरु गोबिंद सिंह महान धर्म रक्षक वीर थे। उन्हें वास्तव में हिन्द का गौरव कहा जा सकता है। उन्होंने पराधीनता से मुक्ति के लिए ऐसी ज्योत जलाई, जो आज तक दैदीप्यमान है। आज देश स्वतंत्र है, लेकिन अन्याय और भ्रष्टाचार के खिलाफ जंग में गुरु गोबिंद सिंह की जीवन एवं उपदेश प्रेरक पथ-प्रदर्शक का कार्य करते हैं।

जन्म एवं बचपन

गुरु गोबिंद सिंह का जन्म बिहार के पटना शहर में हुआ था। पिता गुरु तेग बहादुर के बलिदान के उपरान्त 11 नवम्बर सन 1675 को वे सिखों के दसवें गुरु बने। वह एक महान योद्धा, कवि, भक्त एवं आध्यात्मिक नेता थे। उस समय औरंगजेब बादशाह दिल्ली के तख्त पर बैठा हुआ था। हिंदू धर्म की रक्षा के लिए जिस महान पुरुष ने अपने शीश की कुरबानी दी, ऐसे सिक्खों के नवें गुरु गुरु तेग बहादुर जी के घर गुरु गोबिंद सिंह जी का प्रकाश हुआ था। उन दिनों गुरु तेग बहादुर जी पटना (बिहार) में रहते थे। 22 दिसंबर, सन् 1666 को गुरु तेग बहादुर की धर्मपरायण पत्नी गूजरी देवी ने एक सुन्दर बालक को जन्म दिया, जो बाद में गुरु गोबिंद सिंह के नाम से विख्यात हुआ। बालक के जन्म पर पूरे नगर में उत्सव मनाया गया। उन दिनों गुरु तेग बहादुर असम-बंगाल में गुरु नानक देव जी के संदेश का प्रचार-प्रसार करते हुए घूम रहे थे।

सिख संगत के बीच बालक का नामकरण किया गया गोविंदराय। माता

गूजरी ने बालक को जहाँ दया, करुणा और प्रेम के संस्कार दिए, वहीं साहस, वीरता और निर्भीकता की घुट्टी भी पिलाई। गोविंदराय की उम्र उस समय चार वर्ष की थी, जब गुरु तेग बहादुर वापिस आए। जिस समय उन्होंने हवेली में कदम रखा, तो उन्होंने देखा कि एक नन्हा बालक बच्चों को दो दलों में बांट कर खेल रहा है। एक दल को उसने भयभीत किया हुआ है।

गुरु तेगबहादुर ने जब ऐसा करने का कारण पूछा, तो उसने निर्भीकता से कहा, ''ये यवन हैं, मेरे शत्रु हैं, इसलिए उनके साथ ऐसा कर रहा हूँ।'' उसने कहा, ''मैं इन यवनों को कभी क्षमा नहीं कर सकता।''

खेल खत्म हो गया। बालक से गुरु तेग बहादुर ने उसका परिचय पूछा, ''बालक आपका परिचय क्या है? आपके भाग्यशाली माता-पिता कौन हैं?''

बालक ने कहा, ''मेरा नाम गोविंदराय है। मैं गुरु तेग बहादुर जी का बेटा हूँ।''

गुरु साहब के चेहरे पर प्रसन्नता और अभिमान की चमक आ गई, ''आप गुरु तेग बहादुर के बेटे हैं? यह तो बहुत अच्छी बात है, तभी तो हमें लगा था कि...''

''और आप?'' बालक ने पूछा, ''महाशय आप अपना भी तो परिचय देने की कृपा करें कि आप कौन हैं?''

''मैं तुम्हारा पिता...!'' सुनते ही पुत्र ने पिता के चरणों का स्पर्श किया

और पिता ने पुत्र को अपनी गोद में उठा लिया। तब तक माता गूजरी और सिख सेवक वहाँ पहुँच चुके थे। गुरु साहब ने माता गूजरी को संबोधित करते हुए कहा, "जो संतान को जन्मती ही नहीं, उसे संस्कारवान भी बनाती है वह माता धन्य है।"

अपनी और अपने पुत्र की प्रशंसा सुनकर माता गूजरी की आँखों में आँसू छलकने लगे। बालक गोविंदराय धीरे-धीरे बड़ा हो रहा था। उम्र के साथ-साथ उसकी कारगुजारियाँ भी बदलने लगी थीं। जिस हवेली में वे रहते थे, उसमें एक कुआँ था।

आस-पास की स्त्रियाँ वहाँ जल भरने आया करती थीं। उन्हें तंग करने में बालक गोविंदराय को बड़ा मजा आता था। वह अपने दोस्तों के साथ तीर-कमान लेकर छिपकर बैठ जाता और जब स्त्रियाँ अपने सिर पर जल का घड़ा लेकर वहाँ से गुजरतीं तो वह और उसके मित्र तीरों का निशाना बनाकर उन घड़ों को फोड़ दिया करते। गोविंदराय का निशाना इतना अचूक था कि वह कभी खाली नहीं जाता था। वे स्त्रियाँ उन बालकों की शैतानी से बहुत दुःखी थीं। वे जानती थीं कि इन सबका मुखिया गोविंदराय है। उन्होंने रोज-रोज के नुकसान से तंग आकर गोविंदराय की शिकायत करने का मन बनाया।

एक दिन सभी स्त्रियाँ मिलकर माता गूजरी के पास पहुंचीं और गोविंदराय की शिकायत करने लगीं, "बीजी! संभालो अपने लाड़ले को।"

एक बोली, "वह रोज हमारे घड़े फोड़ देता है। रोज-रोज का नुकसान हम कहाँ तक उठाएँ?"

दूसरी बोली, "बीजी! वो अकेला नहीं है, उसके साथ उसकी पूरी मित्र-मंडली है। हमने कई बार उन्हें समझाया, पर वे मानते ही नहीं।"

तीसरी बोली, "बीजी ! आप जरा सोचो, अगर कभी निशाना चूक गया, तो हमारी तो जान ही चली जाएगी। ये भी कोई खेल हुआ? हम तो तंग आ गए हैं, इसकी इन रोज-रोज की शैतानियों से।"

"तुम लोगों ने मुझे पहले क्यों नहीं बताया?" माता गूजरी ने कहा, "अच्छा देखो, मैं तुम्हें पीतल के घड़े दिलवा देती हूँ। वह उन्हें नहीं फोड़ पाएगा और मैं उसे फटकारूँगी भी। तुम चिंता मत करो।"

माता गूजरी ने उन औरतों को नए चमकदार पीतल के घड़े दिलवा दिए। उन घड़ों को पाकर वे बहुत खुश थीं। बालक गोविंदराय और उसके साथियों ने तीर-कमान से उन घड़ों को फोड़ने का प्रयास किया, पर वे सफल नहीं हो सके।

एक बार वे घड़े फोड़ने में अपने हाथ आजमा रहे थे, उसी समय माता गूजरी ने पीछे से आकर रंगे हाथों गोविंदराय को पकड़ लिया। गोविंदराय को पकड़े जाते देखकर उसके सभी साथी जान बचाकर भाग निकले। औरतें हँसने लगीं, 'अब आया बच्चू पकड़ में।' माता गूजरी ने गोविंदराय को प्रेम भरी भाषा में फटकारते हुए कहा, "यह बहुत बुरी बात है बेटा ! अगर तुम्हारा निशाना चूक जाए और छोड़ा हुआ तीर किसी को लगे तो कितना बड़ा अनर्थ हो जाए। तुम्हारा तो खेल होगा, जबकि दूसरे की जान चली जाएगी।"

"अब कभी भी ऐसा नहीं करूँगा। वचन देता हूँ।" गोविंदराय ने कहा।

एक बार की बात है कि पटियाला राज्य के गुड़ाक नामक गाँव में, भीखन शाह नाम के एक पहुँचे हुए फकीर ने रात में, एक स्वप्न देखा कि पटना में एक ऐसे पैगम्बर का जन्म हुआ है, जो अनेक ईश्वरीय शक्तियों से संपन्न है। ऐसा स्वप्न देखने के बाद वह पटना की ओर चल दिया।

मार्ग में अनेक कठिनाइयों से जूझता हुआ वह एक दिन पटना जा पहुँचा। पूछते-पूछते वह गोविंदराय की हवेली पर पहुँचा। वहाँ उसने माता गूजरी से प्रार्थना की, "माई! सुना है तेरी कोख से किसी पैगंबर ने अवतार लिया है। मुझे उसके दर्शन करा दे।"

माता का हृदय आशंकित हो उठा, "फकीर बाबा! मैं नहीं जानती कि वह पैगंबर है या कुछ और। मैं तो उसे अपना बेटा मानती हूँ। तुम पहले

भोजन करो और फिर विश्राम कर लो। वह अभी आता ही होगा। तब तुम उससे मिल लेना।''

थोड़ी देर बाद गोविंदराय बाहर से आया, तो उसकी माता गूजरी ने उसे फकीर बाबा के सामने खड़ा कर दिया। बालक को देखकर फकीर बाबा ने दो कटोरों में पानी भरकर उसके सामने रखा और बोला, ''पुत्र! इन दो कटोरों में से तुम किसी भी एक कटोरे को छुओ।''

''परंतु क्यों बाबा?'' बालक ने पूछ ही लिया था।

''मैं तुम्हारी धर्म-आस्था की परीक्षा लेना चाहता हूँ। ये दोनों कटोरे विभिन्न धर्मों से संबंधित हैं। मैं देखना चाहता हूँ कि तुम्हारी आस्था किस धर्म में है।'' उस फकीर ने निसंकोच भाव से सही-सही बात कह दी थी।

गोविंदराय ने दोनों कटोरों का स्पर्श किया और उन्हें लुढ़का दिया। फकीर बाबा आश्चर्य से गोविंदराय का मुँह देखता रह गया, वह माता गूजरी से बोला, ''माई! तेरा यह बालक कोई साधारण बालक नहीं है। बड़ा होकर यह महान योद्धा होगा और अपनी कौम का सिरमौर बनेगा। दीन-दुखियों का सहायक होगा। यह किसी धर्म के साथ पक्षपात नहीं करेगा। परंतु जिस धर्म में अनाचार या अधर्म का बोलबाला होगा, उसका विध्वंस करने में भी यह पीछे नहीं रहेगा। अत्याचारियों का विनाश करेगा। इस बालक में ईश्वर का अंश है। यह सभी को अपना बनाकर चलेगा।''

''आपका बहुत-बहुत धन्यवाद बाबा।'' इस प्रकार माता गूजरी ने भीखन शाह फकीर को धन-धान्य देकर विदा किया।

उन दिनों पटना में राजा फतेहचंद रहते थे। उनके पास किसी चीज की कमी नहीं थी। बस कमी थी तो औलाद की। संतान का सुख भला कौन नहीं चाहता, हर किसी को तो संतान की चाह रहती ही है। एक दिन वे अपने खास हितैषी के कहने पर अपनी पत्नी के साथ गुरु तेग बहादुर से मिलने हवेली पर आए। वहाँ पर बालक गोविंदराय को देखकर राजा फतेहचंद की पत्नी ने प्यार से उसे अपने पास बुलाया। गोविंदराय जाकर उनकी गोद में

बैठ गए। राजा फतेहचंद की पत्नी को ऐसा लगा कि उनकी पुत्र प्राप्ति की कामना पूरी हो गई है। वे बालक गोविंदराय को खूब दुलार करके अपने महल में लौट आई। कुछ दिन बाद ही राजा की पत्नी को लगा कि वह गर्भवती हो गई है। उचित समय आने पर उसने एक पुत्र रत्न को जन्म दिया। गोविंदराय ने गोद में बैठकर मानो उनकी बंधी कोख को खोल दिया था। फिर उन्होंने चार पुत्रों को जन्म दिया। तब से राजा और रानी बालक गोविंदराय के भक्त हो गए।

पिता का बलिदान

गुरु गोविंद सिंह के पिता भारत के इतिहास में महान बलिदानी के रूप में याद किए जाते हैं। उनका दरबार किसी शहंशाह की तरह लगता था। पिता को

बलिदान के लिए गुरु गोबिंद सिंह ने उत्साहित किया था। इसकी भी अपनी एक कहानी है। औरंगजेब ने एक बार अपने मंत्रियों से पूछा, ''हम जानना चाहते हैं कि चारों तरफ विद्रोह की चिंगारी क्यों भड़क रही है?''

''धर्म इसका सबसे बड़ा कारण है।'' एक मंत्री ने साहस करके कह ही दिया।

''मतलब!'' औरंगजेब ने कहा, ''हम आपकी बात को समझ नहीं पाए हैं।''

''यहाँ विभिन्न धर्म और संप्रदाय के लोग रहते हैं, जब तक एक भाषा और एक धर्म नहीं होगा, तब तक देश में एकता कायम नहीं हो सकती।''

''ठीक है तो, एक ही धर्म इस्लाम को मानने का फरमान जारी कर देते हैं।''

''यह तो पहले भी किया जा चुका है, इससे कोई लाभ नहीं होगा।''

''तो फिर!''

''लोगों को उस एक धर्म पर विश्वास होना चाहिए, जिसे सब सत्य समझें। हिंदुस्तान में एक ही धर्म और एक ही शासक होना चाहिए।''

''ठीक है हम सब धर्मों के ग्रंथों को उन्हीं के धर्माचार्यों से पढ़वाकर सुनेंगे, जो धर्म हमें सबसे अच्छा लगेगा, उसी को हम राजधर्म स्वीकार कर लेंगे।'' और फिर औरंगजेब के दरबार में बारी-बारी से हर धर्म के धर्माचार्य आकर अपने-अपने धर्मग्रंथों का बखान करने लगे। इसी कड़ी में एक हिन्दू पंडित प्रतिदिन गीता का थोड़ा-थोड़ा भाष्य आकर उन्हें सुनाने लगा। वह विद्वान पंडित आकर गीता के कुछ श्लोक पढ़ता और उसका अर्थ औरंगजेब सुनाता, पर वह पंडित गीता में से कुछ श्लोक छोड़ दिया करता था।

एक दिन पंडित बीमार हो गया और औरंगजेब को गीता सुनाने के लिए उसने अपने बेटे को भेज दिया, किंतु उसे उन श्लोकों के बारे में बताना भूल गया, जिनका अर्थ वहाँ नहीं करना था। उसके बेटे ने जाकर औरंगजेब को पूरी गीता का अर्थ सुना दिया, जिससे औरंगजेब को यह स्पष्ट हो गया

कि हर धर्म अपने आपमें एक महान धर्म है। पर औरंगजेब खुद के धर्म के अलावा किसी और धर्म की प्रशंसा नहीं सुन सकता था।

"कर्म करो और फल की चिंता मत करो।" औरंगजेब ने हँसते हुए कहा, "अच्छा धर्म ग्रंथ है, फिर तो हमें किसी जंग को जीतकर भी उसके राज्य को नहीं हड़पना चाहिए।"

"शहंशाह।" पंडित के पुत्र ने कहा, "फल देना तो ईश्वर के हाथ में है। ईश्वर ही अच्छे और बुरे कर्मों के आधार पर फल प्रदान करता है।"

"ईश्वर के हाथ में नहीं फल आलमगीर के हाथ में है।" एक मंत्री ने औरंगजेब की ओर देखते हुए कहा, "शहंशाह आप सबको इस्लाम धारण करवा दें। इन धर्मकर्म के परीक्षण के चक्कर में आपको नहीं पड़ना चाहिए। इस्लाम से महान मजहब कोई हो ही नहीं सकता, क्योंकि इस्लाम की बुनियाद कुरान शरीफ पर टिकी है और कुरान शरीफ खुदा की किताब है। हम खुदा की किताब के खिलाफ कुछ नहीं सुन सकते।"

"ठीक कहते हो।" औरंगजेब को उसकी बात समझ में आ गई और उसने सबको इस्लाम धर्म अपनाने का आदेश दिया एवं कुछ लोगों को यह कार्य सौंप दिया। उसने कहा कि सबसे कह दिया जाए कि इस्लाम धर्म कबूल करो या मौत को गले लगाओ। जब इस तरह की जबर्दस्ती शुरू हो गई तो अन्य धर्म के लोगों का जीना मुश्किल हो गया।

इस जुल्म के शिकार कश्मीर के पंडित गुरु तेगबहादुर के पास आए और उन्हें बताया कि "किस तरह इस्लाम धर्म स्वीकारने के लिए दबाव बनाया जा रहा है और न करने वालों को तरह-तरह की यातनाएँ दी जा रही हैं। हमारी बहू-बेटियों की इज्जत को खतरा है। जहाँ से हम पानी भरते हैं, वहाँ हड्डियाँ फेंकी जाती हैं।"

"इतना अन्याय!"

"हमें बुरी तरह मारा जा रहा है। कृपया आप हिन्दू धर्म को बचाइए।"

जिस समय ये लोग समस्या सुना रहे थे, उसी समय गुरु तेगबहादुर के 9 वर्षीय सुपुत्र बाला प्रीतम (गुरु गोबिंद सिंह) वहाँ आए और पिताजी से पूछा, "पिताजी ये लोग इतने उदास क्यों हैं? आप इतनी गंभीरता से क्या सोच रहे हैं?"

"बेटा ये पीड़ित लोग हैं, इन पर दिल्ली के शहंशाह द्वारा अत्याचार ढाए जा रहे हैं। साधु-संतों को भी खौलते तेल में पकौड़ी की तरह पकाकर राक्षसों की हँसी हँस रहा है आलमगीर।"

गुरु तेग बहादुर ने कश्मीरी पंडितों की सारी समस्या बताई तो बाला प्रीतम ने कहा, "इसका निदान कैसे होगा?"

गुरु साहिब ने कहा, "इसके लिए बलिदान देना होगा।"

"बलिदान, पिताश्री!" बालक प्रीतम ने कहा, "आपसे महान पुरुष मेरी

नजर में कोई नहीं है, भले ही बलिदान देना पड़े पर आप आर्य धर्म को बचाइए।''

''कुमार,'' उसकी यह बात सुनकर वहाँ उपस्थित लोगों ने पूछा, ''अगर आपके पिता जी बलिदान दे देंगे तो आप यतीम हो जाएँगे और आपकी माँ विधवा हो जाएगी।''

''अगर मेरे अकेले के यतीम होने से लाखों लोग यतीम होने से बच सकते हैं और अकेले मेरी माँ के विधवा होने से लाखों माँ विधवा होने से बच सकती है, तो मुझे यह स्वीकार है।''

''शाबाश बेटा, मुझे तुम पर गर्व है,'' फिर गुरु तेगबहादुर ने उन पंडितों से कहा, ''जाकर औरंगजेब से कह दो, अगर गुरु तेगबहादुर ने इस्लाम धारण कर लिया तो हम भी कर लेंगे और अगर तुम उनसे इस्लाम धारण नहीं करा पाए, तो हम भी इस्लाम धारण नहीं करेंगे और तुम हम पर जबर्दस्ती नहीं कर पाओगे।''

लोगों ने यह बात आकर औरंगजेब के कानों तक पहुँचा दी। औरंगजेब ने इस बात को स्वीकार कर लिया। गुरु तेगबहादुर औरंगजेब के दरबार में स्वयं चलकर गए।

वहाँ औरंगजेब ने उन्हें तरह-तरह के लालच दिए। किंतु बात नहीं बनी तो उन पर बहुत सारे जुल्म किए। उन्हें कैद कर लिया गया, उनके एक शिष्य को खौलते तेल के कढ़ाह में भून दिया गया और दूसरे शिष्य को आरा से काट दिया गया, इस प्रकार दो शिष्यों को मारकर उन्हें डराने की कोशिश की, पर गुरु तेगबहादुर टस से मस नहीं हुए।

उन्होंने औरंगजेब को समझाया, "अगर तुम जबर्दस्ती करके लोगों को इस्लाम धारण करने के लिए मजबूर कर रहे हो तो यह जान लो कि तुम खुद भी सच्चे मुसलमान नहीं हो, क्योंकि तुम्हारा धर्म भी यह शिक्षा नहीं देता कि किसी पर जुल्म किया जाए।"

औरंगजेब ने गुरु से कहा, "तेगबहादुर, अब तुम मेरे रहमो-करम पर हो।

अगर तुम सच्चे संत हो तो हमें कोई चमत्कार करके दिखाओ, वरना अपना ईमान छोड़ दो।"

गुरु तेगबहादुर ने कहा, "मेरी गर्दन में एक ताबीज बंधा है, जिसके कारण तुम मेरा कुछ नहीं बिगाड़ सकते।"

यह सुनते ही औरंगजेब के इशारे पर गुरु तेग बहादुर का सर कलम कर दिया गया। यह घटना दिल्ली के चांदनी चौक में 11 नवम्बर, 1675 में हुई। उनकी गर्दन में बंधा ताबीज खोलकर देखा गया तो उसमें लिखा था, "मैंने अपना सिर दे दिया, धर्म नहीं।"

गुरु साहिब ने हँसते-हँसते अपना शीश कटाकर बलिदान दे दिया। उनके अद्वितीय बलिदान ने देश की सर्व धर्म समभाव की संस्कृति को सुदृढ़ बनाया। गुरु तेगबहादुर की याद में उनके शहीदी स्थल पर एक गुरुद्वारा साहिब बना है, जिसका नाम गुरुद्वारा शीशगंज साहिब है। हिन्दुस्तान और हिन्दू धर्म की रक्षा करते हुए शहीद हुए गुरु तेग बहादुर को प्रेम से कहा जाता है : 'हिन्द की चादर, गुरु तेग बहादुर।'

गुरु गोबिंद सिंह और बैसाखी

बैसाखी आज एक राष्ट्रीय स्तर पर मनाया जाने वाला पर्व है, क्योंकि इस त्योहार का इतिहास से बहुत गहरा संबंध है। इस संबंध में एक कथा प्रचलित है। यह सर्वविदित है कि मुगल शासक औरंगजेब भारत में इस्लाम धर्म फैलाना चाहता था और लोगों को जबर्दस्ती इस्लाम धर्म का अनुयायी बनाना चाहता था। सिखों के नवें गुरु तेगबहादुर सिंह जी ने इसका विरोध किया। इस विरोध को खत्म करने के लिए औरंगजेब ने उनकी हत्या करवा दी।

गुरु तेगबहादुर सिंह जी की हत्या के बाद गुरु गोबिंद सिंह दसवें गुरु कहलाए। "सवा लाख से एक लड़ाऊँ" की भावना को साकार रूप देने के लिए गोविंदराय ने 3 मार्च, 1699 के दिन पूरे देश में फैले अपने अनुयायियों, श्रद्धालुओं को बैसाखी के महाकुंभ पर आनन्दपुर साहब पहुँचने के संदेश भेजे। लोग अधिक से अधिक संख्या में आनन्दपुर साहब में इकट्ठे किए। विशाल पंडाल इन्सानी सिरों का समुद्र ही दिखाई दे रहा था।

गुरु गोबिंद सिंह ने यहाँ पर लोगों के मन में साहस पैदा करने के लिए लोगों से जोश और हिम्मत की बातें कीं। उन्हें इस समस्या से निपटने के लिए खुद आगे आने के लिए प्रेरित किया। उन्होंने लोगों से कहा, "जो लोग इस कार्य के लिए अपना जीवन बलिदान करने के लिए तैयार हैं, वे ही आगे आएँ।" फिर वे रुके और मंच पर माता भगवती को याद कर गुरु जी ने अकाल पुरख से अरदास की, "हे अकाल पुरख। समर्थ प्रदान कर कि सामने बैठी इस निस्तेज कौम रूपी मिट्टी से अनमोल लाल पैदा कर सकूँ।"

हाथ में नंगी तलवार लेकर आँखों में चमक लिए विशाल समूह को सम्बोधित करते हुए गुरु जी ने पुनः कहा, "जाति और धर्म की रक्षा के लिए मुझे एक व्यक्ति का सिर चाहिए, जो इस कार्य के लिए अपना शीश कटवाना चाहता है, वह मंच पर आए।"

लाहौर का दयाराम खत्री अपना शीश कटवाने आन खड़ा हुआ, "गुरुदेव मातृभूमि के लिए अपना शीश चढ़ाने के लिए मैं तैयार हूँ। मेरे लिए मातृभूमि से बढ़कर और कुछ नहीं।"

"शाबाश।" गुरु महाराज उसे बाजू से पकड़ मंच पर लगे तंबू में ले गए। कड़ाके की आवाज आई, खून से रंगी तलवार हाथ में थामे गुरु गोबिंद सिंह ने बारी-बारी से चार और सिर माँगे। जगन्नाथपुरी का हिम्मत राय कुम्हार, द्वारका निवासी मोहकम चंद शिम्बा (धोबी), बिहार का साहब चंद नाई, दिल्ली का धर्मदास जाट अपना-अपना सिर कटवाने मंच पर आए।

पांच बार खून से भरी तलवार हाथ में थामे बाहर आए गोविंदराय को देख जनसमूह हैरान हो गया। कुछ ही समय उपरांत उन पाँचों शीश देने वाले वीरों को हथियारों से सजाए, स्वयं शाही लिबास और कल्गी धारण किए गोविंदराय मंच पर आन खड़े हुए। लोहे के बड़े बांटे (बर्तन) में पवित्र जल भरवा पतासे डाल वाणी का उच्चारण करते हुए तलवार से हिला गुरु महाराज ने अमृत तैयार किया। पाँचों शस्त्रधारी वीरों को वह अमृत पिलाया। उन सभी के नाम का अंतिम शब्द सिंह पुकार उनको पाँच प्यारों की उपाधि से

सम्मानित किया। उनके एक-एक सिर के बदले अपना सर्वस्व, धर्म और जाति की रक्षा हेतु बलिदान करने की उन्होंने प्रतिज्ञा ली। जात-पात, ऊँच-नीच का भेद मिटा धर्म, जाति और मर्यादा की खातिर ज्ञान देने वाले खालसा पंथ की सर्जना की घोषणा की। पूरा पंडाल वाहे गुरु जी का खालसा, वाहे गुरु जी की फतह के जयघोष से गूँज उठा।

अमृत को चख कर सिंह सजने की होड़ लग गई। गुरु गोबिंद सिंह साहब ने सिंहों को खालसा का नाम बख्शा और पाँच निशानियाँ 'कंघा, कड़ा, कच्छा, केश और 'कृपाण' धारण करने का आदेश दिया।

इस प्रकार आनन्दपुर साहब, सिख पंथ की जन्म स्थली और चढ़ती कला का केन्द्र बना। काट रहित हो चुकी हिन्दु कौम की तलवार को माहिर शिकलीधिर की भांति रगड़, सान पर लगा काट की शक्ति पैदा कर दी। आनन्दपुर साहिब ने एक फौजी छावनी का रूप धारण कर लिया। बाद में छोटी-मोटी कई लड़ाइयों में मुगलों और पहाड़ी राजाओं को खालसा फौज ने पराजित किया।

गुरु गोबिंद सिंह भी पहले गोविंदराय थे। इस सभा के बाद ही वे गुरु गोबिंद सिंह कहलाए। तभी से यह दिन खालसा पंथ की स्थापना के उपलक्ष्य में बैसाखी के तौर पर मनाया जाता है।

खालसा पंथ की स्थापना

गुरु गोबिंद सिंह ने देश की स्वतंत्रता के लिए वीर योद्धाओं को संगठित करने हेतु खालसा पंथ की स्थापना की। खालसा का अर्थ है खालिस अर्थात् विशुद्ध, निर्मल और बिना किसी मिलावट वाला व्यक्ति। इसके अलावा हम यह कह सकते हैं कि खालसा हमारी मर्यादा और भारतीय संस्कृति की एक पहचान है, जो हर हाल में प्रभु का स्मरण रखता है और अपने कर्म को अपना धर्म मान कर जुल्म और जालिम से लोहा भी लेता है। शत्रुओं के विनाश के लिए खालसा की स्थापना की गई।

गुरु गोबिंद सिंह जी ने एक नया नारा दिया है –

वाहे गुरु जी का खालसा,
वाहे गुरु जी की फतेह।

गुरु जी द्वारा खालसा का पहला धर्म है कि वह देश, धर्म और मानवता की रक्षा के लिए तन-मन-धन सब न्यौछावर कर दे। निर्धनों, असहायों और अनाथों की रक्षा के लिए सदा आगे रहे। जो ऐसा करता है, वह खालिस है, वही सच्चा खालसा है। ये संस्कार अमृत पिलाकर गोबिंद सिंह जी ने उन लोगों में भर दिए, जिन्होंने खालसा पंथ को स्वीकार किया था। बैसाखी का एक महत्त्व यह है कि परम्परा के अनुसार पंजाब में फसल की कटाई पहली बैसाख को ही शुरू होती है और देश के दूसरे हिस्सों में भी इसी दिन फसल कटाई का त्योहार मनाया जाता है, जिनके नाम हर प्रदेश में भले ही अलग-अलग हों। आज के युग में भी यदि हम श्री गुरु गोबिंद सिंह के जीवन के आदर्शों को, देश, समाज और मानवता की भलाई के लिए उनके समर्पण को अपनी प्रेरणा का स्रोत बनाएँ और उनके बताए गए रास्ते पर निष्ठापूर्वक चलें तो

कोई कारण नहीं कि देश के अन्दर अथवा बाहर से आए आतंकवादी और हमलावर हमारा कुछ भी बिगाड़ सकें।

गुरु गोबिंद सिंह ने सिखों में युद्ध का उत्साह बढ़ाने के लिए हर कदम उठाया। वीर काव्य और संगीत का सृजन उन्होंने किया था। उन्होंने अपने लोगों में कृपाण जो उनकी लौह कृपा था, के प्रति प्रेम विकसित किया। खालसा को पुनर्संगठित कर सिक्ख सेना का मार्गदर्शक बनाकर, उन्होंने सभी मोर्चों पर धर्म के शत्रुओं के खिलाफ कदम उठाए।

उनकी सैन्य टुकड़ियाँ सिख आदर्शों के प्रति पूरी तरह समर्पित थीं, और सिखों की धार्मिक तथा राजनीतिक स्वतंत्रता के लिए सब कुछ दाँव पर लगाने को तैयार थीं। लेकिन गुरु गोबिंद सिंह को इस स्वतंत्रता की भारी कीमत चुकानी पड़ी थी। गुरु गोबिंद सिंह ने धर्म, संस्कृति व राष्ट्र की आन-बान और शान के लिए अपना सब कुछ न्यौछावर कर दिया था। गुरु गोबिंद सिंह जैसी वीरता और बलिदान इतिहास में कम ही देखने को मिलती है।

गुरु गोबिंद सिंह जी को किसी से बैर नहीं था, उनके सामने तो पहाड़ी राजाओं की ईर्ष्या पहाड़ जैसी ऊँची थी, तो दूसरी ओर औरंगजेब की धार्मिक कट्टरता की आँधी लोगों के अस्तित्व को लील रही थी। ऐसे समय में गुरु गोबिंद सिंह ने समाज को एक नया दर्शन दिया। उन्होंने धार्मिक स्वतंत्रता की प्राप्ति के लिए तलवार धारण की।

भारत में देश-धर्म रक्षकों ने मुस्लिम एवं अंग्रेजों के पराधीनता काल में असंख्य भारतीयों को देश पर मर-मिटने की प्रेरणा दी, लेकिन इनमें गुरु गोबिंद सिंह का जीवन, उनका कृतित्व एवं व्यक्तित्व इतनी विभिन्न दिशाओं और आयामों तक फैला हुआ था कि उनकी शक्ति, सामर्थ्य, वीरता, बलिदान और राष्ट्र प्रेम के आगे बड़े-से-बड़ा शासक बौना नजर आता है। वह मात्र 42 वर्ष की आयु में ही देश के अनेक राष्ट्रीय, सांस्कृतिक, युद्ध और सुरक्षा के प्रकल्पों को सम्पन्न करके भारत के एक महान सपूत के रूप में प्रतिष्ठित हुए। वे संत के साथ सजग सिपाही, साहित्यकार के साथ कुशल सेनानी थे

तथा पथ-प्रदर्शक, समाज सुधारक और महामानव थे। वे अपने युग के शक्ति, भक्ति, साहित्य एवं सांस्कृतिक समन्वय के प्रतीक पुरुष थे। दीनहीन, अछूत-छूत सभी खालसा के समर्पित सैनिक थे। महान एवं साहसी गुरु से प्रशिक्षण पाकर खालसा सेनानी अब नर से नरसिंह बन आए थे। ऐसे युगान्तरकारी पुरुष इतिहास में कम ही मिलते हैं। शत्रुओं के छिट-फुट आक्रमणों का विध्वंस तो खालसा-वीरों ने किया ही। गुरु और उनके सैनिकों की असल परीक्षा तब हुई, जब 26 जून, 1700 को मुगलों और पहाड़ी राजाओं की तीस हजार की सम्मिलित सेना ने आनंदपुर की ओर कूच कर दिया।

गुरु मुश्किल से 6-7 हजार खालसा सैनिक एकत्रित कर पाए। इन सभी का उन्होंने अपने सफेद घोड़े पर सवार होकर नेतृत्व किया और उनमें अपने ओजस्वी भाषण से ऐसा पराक्रम और साहस भरा कि मुट्ठी भर सिख सेना शत्रुओं की अपार सेना से जा भिड़ी।

गुरु का विवाह एवं संतानें

गुरु गोबिंद सिंह ने कई विवाह किए और कई संतानें उन्हें हुईं, लेकिन उन्होंने सर्वस्व देश के ऊपर बलिदान कर दिया। लाहौर के श्री भिकिया (सुभिकीजी) खत्री की कन्या सुश्री जितो के साथ श्री गोबिंद सिंह जी का विवाह सन् 1677 ई. में सम्पन्न हुआ था। श्री रामसरणजी की कन्या सुश्री सुन्दरीजी के साथ उनका द्वितीय विवाह 1684 ई. में

हुआ। उनका तीसरा विवाह रोहटास के सिख श्री हर भगवानजी की कन्या सुश्री साहिब दीवान के साथ सम्पन्न हुआ।

श्री गुरु गोबिंद सिंह जी के चार पुत्र थे, बड़े पुत्र अजीत सिंह जी (माता सुन्दरी जी) का जन्म 26 जनवरी, 1687 के दिन हुआ था। जुझार सिंह जी (माता जितो जी) का जन्म 14 मार्च, सन् 1691 ई. में, जोरावर सिंह जी (माता जितो जी) का जन्म 17 नवम्बर, सन् 1696 ई. में और सबसे छोटे पुत्र फतेह सिंह (माता जितो जी) जन्म 25 फरवरी, सन् 1699 ई. में हुआ।

परोपकार के हाथ

एक बार गुरु गोबिंद सिंह किसी गांव में प्रवचन कर रहे थे। उन्हें सुनने के लिए बड़ी संख्या में लोग आए थे। गाँव के सभी तबके के लोग वहाँ थे। उनमें किसान, मजदूर और जमींदार सभी थे। प्रवचन करते हुए गुरु गोबिंद सिंह को प्यास लगी। उन्होंने सामने बैठे एक युवक से पानी लाने को कहा। युवक चाँदी के गिलास में ठंडा पानी लेकर आया। गुरु जी उसके हाथ से गिलास लेते हुए बोले, "बेटा, तुम्हारा हाथ बहुत कोमल है।"

युवक बोला, "गुरु जी, हमें कोई काम नहीं करना पड़ता। हमारे घर में कई नौकर-चाकर हैं। इसके अलावा खेती का काम करने के लिए अलग से मजदूर हैं। वे ही सारा काम करते हैं।"

गुरु ने पूछा, "फिर तुम क्या करते हो?"

युवक ने कहा, "गुरु जी, मैं तो काम कराने के लिए नौकरों को आदेश देता हूँ। मौज मस्ती करता हूँ। संत लोगों के प्रवचन सुनता हूँ। दिन आराम से कट जाता है।"

इस पर गुरु गोबिंद सिंह गिलास लौटाते हुए बोले, "बेटा, मैं तुम्हारे हाथ का पानी नहीं पीऊँगा।"

युवक सकपका गया। बोला, "गुरु जी, आप मेरे हाथ का पानी क्यों नहीं पीएँगे। मैं हाथ साफ करके पानी लाया हूँ। यह देखिए बिल्कुल साफ है मेरा हाथ।"

गुरु जी ने कहा, "बेटा तुम्हारा हाथ साफ है, यह मैं देख रहा हूँ। लेकिन मैं ऐसे हाथों से जल ग्रहण नहीं कर सकता जो सेवा, सहायता या श्रम से अछूता हो। हाथ वही पवित्र और साफ होते हैं, जो दूसरों की सेवा करते हैं। श्रम और सेवा के बगैर हाथ ही क्या पूरा शरीर अपवित्र होता है। संतों के प्रवचन सुनकर भी तुम्हें ज्ञान नहीं हुआ कि श्रम और परोपकार ही सबसे बड़ा धर्म है।" गुरु गोबिंद सिंह की यह बात सुनकर वह युवक हमेशा के लिए उनका शिष्य बन गया और उसके बाद जहाँ-जहाँ कार सेवा होती, वह सबसे पहले पहुँचता।

रणजीत नगाड़ा की कहानी

श्री गुरु गोबिंद सिंह जी ने एक नगाड़ा बनवाया था और उसका नाम रणजीत नगाड़ा रखा था। यह नगाड़ा प्रातः व सायंकाल बजाया जाता था। श्री गुरु गोबिंद सिंह जी ने धीरे-धीरे सेना एकत्रित करना प्रारंभ कर दिया। उनकी सेना में स्वामी भक्त सिखों के साथ-साथ कुछ लोग धनार्जन के लिए भी सेना में भरती हुए, उन्होंने लाहौर से तीक्ष्ण बाण मँगवाये और धनुर्विद्या का अभ्यास प्रारंभ कर दिया। इस प्रकार श्री गुरु गोबिंद सिंह जी का बढ़ता हुआ संगठन, पहाड़ी राजाओं में डर पैदा कर रहा था। वे उन पर नियंत्रण रखना चाहते थे। पुनः निम्न कही जाने वाली जातियों को ऊपर उठाने के गुरु गोबिंद सिंह के प्रयासों से, परम्परागत जाति-अभिमानी ये राजा रुष्ट हो गए थे और ऐसी स्थिति में उन्होंने गुरुजी के विरुद्ध मोर्चा खोल दिया। सिख इतिहास के अनुसार कलिहूर के राजा भीमचन्द (जिसके क्षेत्र में, गुरु गोबिंद सिंह अपने शक्ति केन्द्र आनन्दपुर की स्थापना कर रहे थे।) के पुत्र अजमेरचन्द का विवाह गढ़वाल के राजा फतेहशाह की पुत्री से निश्चित हुआ था। गुरु गोबिंद सिंह जी इस समय पाँवटा नामक स्थान पर थे। इस विवाह के अवसर पर अनेक पहाड़ी राजा ससैन्य उपस्थित हुए। योजना थी कि विवाह के बाद गुरु गोबिंद सिंह जी पर आक्रमण किया जाए। गुरुजी को इस योजना की जानकारी जैसे ही हुई, उन्होंने पाँवटा से 6 मील के अंतर

पर, युद्ध की दृष्टि से उपयुक्त स्थान भंगाणी में मोर्चे बाँध लिए। इस युद्ध में गुरु गोबिंद सिंह जी ने स्वयं नेतृत्व किया।

पहाड़ी राजाओं की सेना भाग गई और विजय प्राप्त कर गुरु गोबिंद सिंह आनन्दपुर लौट गये। अप्रैल सन् 1689 में यह गुरुजी के जीवन का प्रथम युद्ध था। इसके बाद उन्होंने लोहगढ़, आनन्दगढ़, केशगढ़ और फतेहगढ़ दुर्ग बनवाये। पराजित राजाओं ने गुरु गोबिंद सिंह से संधि कर ली और उनका साथ देना स्वीकार किया। उन्होंने औरंगजेब को कर देना रोक दिया। इस पर मुगल सेना ने आक्रमण कर दिया, पर गुरु गोबिंद सिंह जी की सहायता से इस आक्रमणकारी सेना को उन्होंने परास्त कर दिया। पर राजाओं ने पुनः कमजोरी दिखाकर, मुगलों से संधि की तैयारी की। औरंगजेब के निर्देश पर लाहौर के सूबेदार दिलावर खान की सेना उनके पुत्र रुस्तम खान के नेतृत्व में गुरु गोबिंद सिंह पर आक्रमण हेतु बढ़ी। दोनों ओर से युद्ध की तैयारी हुई, पर इसी बीच नदी में भारी बाढ़ आ जाने से, मुगल सेना को परेशान होकर

लौटना पड़ा। इसके बाद हुसैन खां नामक सेनापति राजाओं को लूटने लगा। गुरु गोबिंद सिंह की सेना ने हुसैन खाँ को भी पराजित किया। औरंगजेब इस समय दक्षिण में था। पंजाब के समाचार उसे चिन्तित करने लगे। उसने अपने पुत्र मुअज्जम को भेजा। मुगल सेना ने पहाड़ी राजाओं को बुरी तरह कुचल डाला, परंतु आनन्दपुर फिर भी सुरक्षित रहा।

गुरु गोबिंद सिंह जी यह जानते थे कि मुगल सत्ता से संघर्ष टल नहीं सकता। अतः वे अपनी स्थिति दृढ़ करने में लग गए।

मानव धर्म और गुरु गोबिंद सिंह

गुरु गोबिंद सिंह मानव धर्म के प्रबल समर्थक थे। औरंगजेब की सेना ने आनंदपुर पर हमला बोल ही दिया था। उस सेना में पाँच लाख सिपाही थे। जबकि, गुरु गोबिंद सिंह की सेना में मात्र दस हजार खालसा सिपाही थे। तब भी उन्होंने औरंगजेब की सेना से लोहा लिया। उन खालसाओं में से एक को जिम्मा सौंपा गया था कि वह घायलों की मरहम पट्टी करे। वह अपने कर्तव्य का पालन बखूबी कर रहा था। एक दिन जब वह हताहतों की मरहम पट्टी कर रहा था, तब दूसरे खालसा सैनिक ने उसे दुश्मन सैनिक के जख्म पर मरहम लगाते देख लिया और गुरु गोबिंद सिंह से उसकी शिकायत कर दी। गुरु गोबिंद सिंह ने उस खालसा सिपाही को बुलाया और पूछा, ‘‘यह सिपाही जो कुछ कह रहा है, क्या वह सच है?’’

वह बोला, ‘‘मुझे तो मात्र घायलों की चिकित्सा का कार्य सौंपा गया था, जो मैं कर रहा था। अब उनमें कौन सिपाही शत्रु का है और कौन अपने पक्ष का, इसका मुझे कुछ भी ज्ञान नहीं रहा।’’

तब गुरु गोबिंद सिंह बोले, ‘‘पीड़ित तो पीड़ित है। भले ही वह अपना हो, या शत्रु पक्ष का। पीड़ित की सहायता करना मानव का परम धर्म है। इस सिपाही ने तो मानव धर्म का पालन किया है।’’ उन्होंने उस सिपाही को आदेश दिया, “अब तुम शत्रु सैनिकों के जख्मों को भरने का भी काम किया करो।”

गुरु गोबिंद सिंह का जीवन संघर्ष, कुर्बानी और मानवता की सेवा की कहानी है। उन्होंने अन्याय और अत्याचार के खिलाफ एक सैनिक की तरह संघर्ष किया। लेकिन जीवन भर वे एक संत की तरह सादगी से रहे और लोगों में अपना प्रेम बाँटते रहे। उनका कहना था कि इंसान, धरती पर मानवता की सेवा के लिए ईश्वर के भेजे गए दूत हैं और उनका ध्येय धरती पर शांति व प्रेम की अलख जगाना है।

गोबिंद सिंह ईश्वर को सर्वशक्तिमान मान कर जीवन के संग्राम में कूदे। उनके अनुसार 'ओम' का अर्थ है – ब्रह्मा, विष्णु और महेश। जब हम ओम का उच्चारण करते हैं तो इसका तात्पर्य होता है कि हम इस संसार को जन्म देने, पालने और फिर नष्ट करने वाली शक्तियों के सामने अपना सिर झुकाते हैं। गुरु नानक देव ने इन शक्तियों को मानते हुए इसके साथ 'एक' का अंक लगा दिया था, जिसका अर्थ था कि इन तीनों महान शक्तियों को पैदा करने वाला ईश्वर एक ही है। यही बात वेदों में भी कही गई है। इसी बात की व्याख्या करते हुए गोबिंद सिंह ने अपने ग्रंथ 'विचित्र नाटक' में फरमाया कि उसने (ईश्वर, महाकाल) अनेक व्यक्तियों को धर्म चलाने व ईश्वर की आराधना के लिए इस विश्व में भेजा, परंतु वे महान लोग आगे चलकर स्वयं ईश्वर रूप समझे जाने लगे और लोग ईश्वर की आराधना भूलकर उन व्यक्तियों की ही पूजा करने लगे। गोबिंद सिंह जी ने कहा कि इस धरती से जुल्म खत्म करने व धर्म के प्रसार के लिए संत होने की जरूरत है, अपने आप को ईश्वर घोषित करवाने की नहीं।

गुरु गोबिंद सिंह ने कहा कि इस धरती पर वही लोग राज करेंगे जो संत होंगे और धर्म पर चलने वाले होंगे। जो दूसरों पर जुल्म नहीं करेंगे और समाज के हर वर्ग को अपना समझ कर मानवता की सेवा को तत्पर रहेंगे। सिख धर्म का यही सार है।

स्वतंत्रता के लिए संघर्ष

मुगलों के साथ व हिंदू राजपूत राजाओं के साथ भी इनके कई युद्ध हुए, जिनमें

मुगल सेना व पहाड़ी राजा की सेना को हर बार मुँह की खानी पड़ी।

यह युद्ध गुरु जी ने कोई जमीन जायदाद के लिए नहीं किए थे बल्कि जुल्म के विरुद्ध किए थे। गुरु गोबिंद ने अन्याय को कभी सहन नहीं किया और अन्याय करने वालों को हमेशा उन्होंने नसीहतें दी और सबक सिखाया। गुरुजी ने स्पष्ट कहा कि यदि जुल्म के विरुद्ध सारे उपाय नाकाम हो जाएँ तो तलवार उठाना कोई पाप नहीं बल्कि पुण्य है। अपनी रक्षा आवश्यक है, इसलिए आत्म रक्षा हेतु यह जायज है –

चूं कार अज हमा हीलते दर गुजस्त।
हलाल असत बुरदन बशमशीर दसत।।

उनकी दिनोंदिन चढ़त देखकर कुछ राजा इर्ष्यालू हो गए और उन्होंने गुरु को सबक सिखाने के लिए औरंगजेब से सहायता माँगी। औरंगजेब के आदेश अनुसार मुगल सेना ने गुरु जी पर आनंदपुर साहिब में धावा बोल दिया। सात महीने तक लड़ाई चलती रही, लेकिन अंततः गुरु के सिंहों के आगे शत्रु सैनिकों ने घुटने टेक ही दिए। टेकते भी क्यों नहीं, क्योंकि सिंहों के साथ धर्म था और शत्रु सैनिक अधर्म का सहारा लेकर लड़ रहे थे।

सहायक राजाओं और अपने नामी सरदारों की पराजय से औरंगजेब बहुत चिंतित हो उठा। उसने एक विशाल सेना पुनः भेजी। इस सेना में सरहिंद, लाहौर और जम्मू के सूबेदारों की सेनाएँ भी सम्मिलित हुईं। 22 पहाड़ी राजा भी अपनी सेना के साथ उसमें आ मिले। गुरु गोबिंद सिंह जी अपनी शक्ति के अनुसार तैयारी कर चुके थे। प्रारंभिक झड़पों में मुगल सैनिक और पहाड़ी राजा खालसा सेना के आगे टिक नहीं पाये। पर शीघ्र ही उस विशाल मुगल सेना ने आनंदपुर के चारों और कड़ा घेरा डाल दिया। आनंदपुर का बाहर से संबंध टूट गया।

अनाज और पानी की भारी कमी होने लगी। भूख-प्यास से सैनिक तड़पने लगे। मुगल सेनापति कुरान और पहाड़ी राजा पवित्र गीता की सौगंध के साथ सन्देश भेजने लगे कि दुर्ग छोड़ दें तो उन्हें सुरक्षित जाने दिया जायेगा। सैनिक

आग्रह करने लगे तो गुरुजी ने कहा, 'आप जा सकते हैं, परंतु लिखकर दे दें कि गुरु-शिष्य का सम्बन्ध तोड़ रहे हैं।' 40 सिखों ने यह 'बे-दावा' लिख दिया और दुर्ग छोड़कर चले गए। बाद में सिखों से सलाह कर दुर्ग का घेरा छोड़ गुरु गोबिंद सिंह अपनी माता, पत्नियों और चारों पुत्रों अजीत सिंह, जुझार सिंह, जोरावर सिंह और फतेह सिंह तथा बचे हुए साथियों के साथ निकल गये।

पुत्रों का बलिदान

चमकौर के किले में पहुँचने के कुछ ही समय बाद मुखबिरों ने यह सूचना मुगलों को दे दी कि गुरु गोबिंद सिंह सिर्फ थोड़े सैनिकों के साथ रुके हुए हैं, तो मुगलों ने किले पर हमला कर दिया। इस युद्ध में गुरु गोबिंद सिंह जी के शिष्यों ने मुगलों का मुकाबला बहुत वीरता से किया।

इस जंग में कई सिंह शहीद हो गए। केवल चालीस सिंह व गुरु जी ने चकमौर की गढ़ी में पहुँच कर मोर्चे संभाल लिए। 22 दिसंबर 1704 को हुए इस भारी युद्ध में सिख केवल 40 थे, लेकिन शाही सेना की तादाद लाखों में थी। सारा दिन युद्ध हुआ।

सिखों को एक-एक करके शहीद होते देख बड़े साहिबजादे बाबा अजीत सिंह से रहा न गया, वो गुरुजी के साथ अटारी में बैठे दुश्मनों पर तीरों की बारिश कर रहे थे, पर अब उन्होंने चमकौर के किले से बाहर जाकर दुश्मनों से दो हाथ करने की इच्छा व्यक्त थी। दुनिया के इतिहास में यह पहली और बेमिसाल घटना है कि पिता ने अपने बेटे को अपने हाथ से शस्त्र सजाकर युद्ध भूमि में शहीद होने के लिए भेजा हो। गुरुजी ने पाँच सिखों को भी अजीत सिंह के साथ भेजा।

रणभूमि में जाते ही साहिबजादे अजीत सिंह ने तीर चलाकर दुश्मनों को खदेड़ना शुरू कर दिया, जालिम घबराकर पीछे हटने लगे, पर जब साहिबजादा जी के तीर खत्म हो गए तो दुश्मन फिर लौटे और उन्हें चारों ओर से घेर लिया। साहिबजादा अजीत सिंह ने म्यान से तलवार निकाल ली और जोश व

बहादुरी से जालिमों पर टूट पड़े। उन्होंने लाशों के ढेर लगा दिए, पर दुश्मनों के एक दल ने उन्हें घेर लिया और उन पर वार करना शुरू कर दिया। और लड़ते-लड़ते साहिबजादा जी की कृपाण के टुकड़े हो गए। तब उन्होंने अपनी म्यान से ही दुश्मनों का सामना किया। इस तरह जोश और बहादुरी के साथ लड़ते हुए सिर्फ 17 साल की उम्र में वे शहीद हो गए। उस महान शहीद को आज भी श्रद्धा के साथ याद किया जाता है और भारत की भावी पीढ़ी उनसे प्रेरणा लेती है।

पंद्रह वर्ष के वीर जुझार सिंह ने अपने बड़े भाई को सूरमे की तरह शहीद होते देख कर पिता से विनती की कि उन्हें भी भाई की तरह युद्धभूमि में जाकर दुश्मनों से जूझने की आज्ञा दी जाए। साहिब श्री गुरु गोबिंद सिंह जी ने प्रसन्नता के साथ बेटे जुझार सिंह को आज्ञा दी और बड़े साहिबजादे की तरह अपने हाथों से हथियार सजाकर युद्धभूमि की ओर रवाना किया।

साहिबजादा जुझार सिंह शेर की तरह गरजते हुए युद्धभूमि में जा पहुँचे और पूरे जोश के साथ दुश्मनों से दो-दो हाथ करने लगे। उनकी बहादुरी,

जोश और स्फुर्ति को देखकर दुश्मनों के बड़े-बड़े योद्धा भी दंग रह गए और घबराकर इधर-उधर भागने लगे। उन्होंने योजना बनाई कि इस योद्धा को किसी भी तरह जीवित पकड़ा जाए। जो भी साहिबजादे को पकड़ने के लिए आगे बढ़ा उनकी तलवार से कटकर टुकड़े-टुकड़े हो गए। अंत में दुश्मनों की एक ताकतवर टुकड़ी ने उन्हें चारों ओर से घेर लिया और अकेला पाकर सारे एकसाथ उन पर टूट पड़े।

साहिबजादे ने दुगुने बल से दुश्मनों का सफाया किया। और आखिर में जख्मी होकर जमीन पर गिर पड़े। इस तरह गुरु जी के बड़े साहिबजादों ने वीरता और साहस से लड़ते हुए सिर्फ सत्रह और पंद्रह वर्ष की आयु में शहीदी प्राप्त कर दुनिया के इतिहास में शूरवीरता और बहादुरी की अद्वितीय मिसाल कायम की। रात होने पर पाँच सिखों ने गुरु जी से विनती की कि

आप गढ़ी से चले जाएँ, क्योंकि सिखों व हिंदू जनता को उनकी बहुत जरूरत है। गुरु जी पहले तो मान नहीं रहे थे, लेकिन पाँच प्यारों के दबाव में गुरु जी रात के समय ताड़ी मार कर गढ़ी से चले गए।

छोटे साहिबजादे व माता गुजरी जी सरसा नदी की लड़ाई के समय गुरु जी से बिछड़ गए। माता गुजरी जी और गुरुजी के दोनों सुपुत्रों को अपने यहाँ बीस वर्ष से रसोईये का कार्य करने वाले गंगू के घर रहना पड़ा।

माता गुजरी जी के पास गहनें और सोने के सिक्के थे। गंगू का मन लालच से भर आया। उसने वह सबकुछ चुराने और उसे पाने की सोची। फिर उसके मन में मुगलों द्वारा पकड़वाकर शाही इनाम भी प्राप्त करना था। गंगू मोरिण्डा नगर गया और उसने शहर कोतवाल को सब कह सुनाया। सरहिन्द के नवाब वजीर खान प्रसन्नता से उछल पड़ा था। इस प्रकार गुरु जी का रसोईया गंगू लालच में आ गया और उसने साहिबजादे व माताजी को सूबा सरहिंद के हाथों पकड़वा दिया। सूबे ने उन्हें मुसलमान बनाने के लिए कई यत्न किए पर साहिबजादे नहीं माने। जेल में माता गुजरी जी ने अपने दोनों पुत्रों को ज्ञान की बातें बताई। आने वाली विपदा के सामने धर्म की लड़ाई कैसे लड़नी है, इसकी शिक्षा दीं।

अगली सुबह नवाब ने दोनों साहिबजादों को पेश होने का आदेश दिया। उन्होंने अन्दर आने के लिए एक छोटा सा द्वार बनाया था, ताकि आने वाला झुककर अन्दर आए। परन्तु दोनों साहिबजादों ने पहले पाँव द्वार से पार किए। फिर शीश उठाकर दरबार में प्रवेश करते हुए उद्घोष करने लगे, ''वाहिगुरुजी का खालसा वाहिगुरुजी की फतेह।''

नवाब वजीर खान ने कहा, ''ओ, छोटे बच्चो! तुम्हारे बड़े भाई पिता के साथ शहीद हो गए हैं। सौभाग्य से तुम मेरे दरबार में जिन्दा आ पाए हो। जल्दी करो और इस्लाम कबूल कर लो। मुस्लिम बच्चों के रूप में तुम्हारा जीवन राजकुमारों सा होगा। सारे जीवन ऐश करोगे।''

वीर गुरु पुत्रों ने स्पष्ट इन्कार ही नहीं किया, बल्कि नवाब की खिल्ली

भी उड़ाई। उन्होंने कहा, "सिखी हमें जान से भी प्यारी है। यह माया-सी दुनिया हमें धर्म परिवर्तन के लिए मजबूर नहीं कर सकती। हम गुरु गोबिंद सिंह जैसे शेर के पुत्र हैं। जो तेरा भ्रम जल्दी ही दूर कर देंगे। हमारे दादा श्री गुरु तेगबहादुर जी ने हिन्दू पीड़ितों की धार्मिक स्वतंत्रता की रक्षा के लिए बलिदान दिया था। तब तुम क्या धर्म परिवर्तन करवा पाए थे? जब गुरु अर्जुन देव जी ने मुगल जहाँगीर के विरुद्ध संघर्ष में बलिदान दिया, तब वह क्या धर्म परिवर्तन करवा पाया था। हमें इस लासानी शहादत के इतिहास को जारी रखना है।"

6 और 8 वर्ष के बालकों के ऐसे उत्तर सुनकर नवाब दंग रह गया। नवाब वजीर खान के मंत्री अली हुसैन ने कहा, "नवाब साहिब, ये सपोले हैं, ये साँप नहीं बनने चाहिए। साँप बन गए तो हमारे राज को डसेंगे। इनका जिन्दा रहना ठीक नहीं।"

"हाँ सपोलों का सिर कुचल देना ही अच्छा रहेगा।" नवाब साहिब भी कह उठे थे।

तीन दिनों की जद्दोजहद के बाद काजी ने शरीया कानून की रोशनी में

जोरावर सिंह जी और फतेह सिंह जी को दीवार में चिनवा देने का हुक्म जारी किया। इन बच्चों को जब दीवार में चिनवाया जा रहा था, तो बड़े भाई की आँखों में अचानक ही आसू आ गए। छोटे भाई फतेह सिंह ने पूछा, "भाई, तुम्हारी आँखों में आँसू शोभा नहीं देते, क्या तुम बलिदान देने से डर रहे हो।"

"नहीं रे पगले" बड़े भाई ने छोटे से कहा था, "मेरी आँखों में तो आँसू इसलिए आ रहे हैं कि मैं इस दुनिया में पहले आया था, लेकिन इस दुनिया से तुम पहले जा रहे हो, जबकि तुम छोटे हो। यह सौभाग्य तुम्हें पहले मिल रहा है।"

छोटे भाई के सिर से दीवार पहले चिन गई थी और फिर बड़े भाई को भी वह सौभाग्य कुछ ही देर में मिल गया था। इस प्रकार गुरु गोबिंद सिंह जी के दोनों छोटे पुत्र साहिबजादा जोरावर सिंह और फतेह सिंह सरहिन्द की दीवारों में चिनाव कर शहीद कर दिए गए। माता गुजरी जी को सरहिन्द के किले के बुर्ज से गिराकर शहीद किया गया। चारों पुत्रों के शहीद करवाने वाले श्री गुरु गोबिंद सिंह जी का वंश खालसा रूप में चिरंजीवी है। एक अकाल पुरख की उपासना करने वाले गुरुजी का वंश भी अकाली है। यहाँ उल्लेखनीय है कि सरहिन्द के नवाब वजीर खान के दरबार में नवाब मलेरकोटला शेरखान ने छोटे निरीह बालकों को इस प्रकार की सजा देने का विरोध किया था। चमकौर की गढ़ी से जाने के बाद गुरु जी माछीवाडे से होते हुए मालवा प्रदेश में पहुँचे, जहाँ पर सिखों ने उनका स्वागत किया। कांगड़ गाँव में गुरु जी ने औरंगजेब को चिट्ठी लिखी, जो कि जफरनामा (फतेहनामा) के नाम से प्रसिद्ध है। चिट्ठी में गुरु जी ने औरंगजेब को फटकार लगाई और कहा, "तूने 'औरंगजेब' नाम को कलंकित किया है। तू सच्चा मुसलमान भी नहीं है, क्योंकि कुरान जुल्म के खिलाफ है। तूने यदि मेरे चार मासूम बच्चे मरवा दिए तो क्या हुआ अभी मैं जिंदा हूँ और तेरे निर्दयी राज का खात्मा होना अब अवश्य है।" इतिहास गवाह है कि औरंगजेब ने जब यह चिट्ठी पढ़ी,

तो वह बहुत ही भयभीत हो गया और उसने एक शासनादेश जारी किया, ''गुरु गोबिंद सिंह की जायदाद वापिस की जाए और वह हिंदुस्तान में कहीं भी जाए उसको कोई तंग न करे।''

एक बार गुरु गोबिंदसिंह जी के यहाँ एक कलंदर आया। जो रीछ को पकड़कर नचाते हैं, उन्हें कलंदर (मदारी) कहते हैं। उस समय गुरु गोबिंदसिंह जी आराम की मुद्रा में बैठे थे और एक सेवक चँवर डुला रहा था। भालू का खेल देखकर वह सेवक खूब हँसा और बोला, ''किस पाप के कारण इसकी यह गति हुई? मुझे कृपया यह बताइए।''

गुरु गोबिंदसिंह जी ने उससे कहा, ''यह तेरा पिता है। क्या तुम इसे नहीं पहचान पाए हो?''

''यह सब मेरी समझ से परे है'' सेवक ने कहा, ''मैं मनुष्य हूँ, यह रीछ मेरा पिता कैसे?''

''यह पिछले जन्म में तेरा पिता था। यह गुरु के द्वार तो जाता था, लेकिन गुरु का होकर सेवा नहीं करता था। अपना अहं सजाने के लिए, उल्लू सीधा करने के लिए सेवा करता था, इसलिए इसे रीछ बनना पड़ा है।''

''मगर कैसे गुरुदेव'' उसने पूछ लिया था, ''मेरी समझ से तो अब भी परे की ही बात है।''

''एक दिन सत्संग पूर्ण होने के बाद प्रसाद बाँटा जा रहा था। इतने में वहाँ से किसान लोग बैलगाड़ियाँ लेकर निकले। उन्हें गुरुजी के दर्शन हो गये। सोचा अब गुरुद्वार का एक-एक कौर प्रसाद लेते जायें। वे बैलगाड़ी से उतरे, बैलों को एक ओर खड़ा किया और इससे बोले, ''हमें प्रसाद दे दो।''

इसने उधर देखा ही नहीं। वे भले गरीब किसान थे, लेकिन भक्त थे। उन्होंने दो तीन बार कहा, किंतु प्रसाद देना तो दूर बल्कि इसने कहा, ''क्या है? काले-कलूटे रीछ जैसे, बार-बार प्रसाद माँग रहे हो, नहीं है प्रसाद!'' वे बोले, ''अरे भाई ! एक-एक कण ही दे दो। जिनके हृदय में परमात्मा प्रकट हुए हैं, ऐसे गुरुदेव की नजर प्रसाद पर पड़ी है। ब्रह्मज्ञानी की दृष्टि अमृतवर्षी। थोड़ा सा ही दे दो।''

इसने कहा, ''क्या रीछ की तरह दे-दे कर रहे हो! जाओ नहीं देता!''

उसमें एक बूढ़ा बुजुर्ग भी था। वह बोला, ''हमें गुरु के प्रसाद से वंचित करते हो, हम तो रीछ नहीं हैं, किंतु जब गुरुसाहब तुम्हें रीछ बनायेंगे तब पता चलेगा!'' किसान लोग बददुआ देकर चले गये और कालांतर में तेरा बाप मर कर रीछ बना। फिर भी इसने गुरुद्वार की सेवा की थी, उसी का फल है कि कई रीछ जंगल में भटकते रहते हैं किंतु यह कलंदर के घर आया और यहाँ सिर झुकाने का इसे अवसर मिला है। लाओ, अब इसका गुनाह माफ करते हैं।'' गुरुदेव ने पानी छाँटा। सेवक ने देखा कि गुरुसाहब की कृपा हुई, रीछ के कर्म कट गये और उस नीच चोले से उसका छुटकारा हुआ।

विपत्ति से सामना

विपत्ति भला किसके जीवन में नहीं आती, फिर गुरु गोबिंद सिंह इससे कैसे बच सकते थे। वह वक्त भी आया जब 'गुरु गोबिंद सिंह' अकेले भूखे प्यासे 'माछी बाड़ा' में वीरान जगह खण्डा हाथ में पकड़े कमान के सहारे बैठे थे। तलाश में निकले दो शाही ओहदादार सामने आ खड़े हुए।

बड़े अदब से उन्होंने गुरु जी ने कहा, ''इस हालत में जब आपके सभी साथी समाप्त हो चुके हैं, आप बिल्कुल अकेले पड़ गए हैं दमड़े भी आपके पास नहीं, आप हार मान लें हम औरंगजेब से आपकी संधि करवा देते हैं।''

गुरु महाराज ने कहा, ''मेरे पास मेरे अन्दर मेरा खुदा, वाहे-गुरु अकाल पुरख है। निश्चय ही वह खुदा आपके अन्दर भी है। क्या आप चाहेंगे कि खुदा एक बादशाह के सामने हार मान लें?''

''नहीं, ऐसा हम कदाचित् नहीं चाहते।'' लाचार हो उन्होंने कहा, ''हमें कोई सेवा बतलाइए।''

''अब मैं क्या सेवा बताऊँ?'' गुरु जी ने जवाब दिया, ''मुझे मेरे हाल पर छोड़ दो।''

'गनी खान' और नबी खान' पठान भाइयों के कहने पर गुरु गोबिंद सिंह ने नीले वस्त्र धारण कर समय का इंतजार किया। पठान भाइयों ने

गुरु गोबिंद सिंह को एक मुस्लमान पीर की सूरत में मालवा तक पहुँचाया। उधर उन्हें छोटे साहबजादों तथा माता की शहादत के बारे में जानकारी मिली। यह सदमा उन्होंने बड़े धैये से बर्दाश्त किया और कहा, "एक रोज खालसा सरहद की ईंट से ईंट बजा अपने भाइयों का बदला लेगा।" उन्होंने नीले वस्त्र उतार जला दिए। मालवा के सिंहों ने कुछ घोड़े तथा शस्त्र और अपने आपको गुरु गोबिंद सिंह के चरणों में भेंट किया। अपने उद्देश्य की पूर्ति के लिए गुरु गोबिंद सिंह ने घूम फिरकर सिंहों की फौज इकट्ठी करनी शुरू कर दी। "मुक्त सर" की लड़ाई में शहीदी पाने वाले सूरमाओं को मुक्ते का नाम दे इज्जत बख्शी।

हरियाणा के पंचायती योद्धा

गुरु गोबिंद सिंह के समय औरंगजेब के विरुद्ध हुई लड़ाई के हाल का यह विवरण उस वक्त के इतिहासकार रामसहाय भाट ने लिखा था, जिसका तर्जुमा उर्दू से हिन्दी में मुंशी रामप्रसाद ने किया था। मूल लेख की नकल हिन्दी में इस प्रकार है –

गुरु गोबिंद सिंह जी के समय विशाल हरियाणा की सर्वखाप पंचायत ने औरंगजेब के अत्याचारों के विरुद्ध एक संघर्ष छेड़ रखा था। सारे हरियाणा में गुरु समर्थ रामदास नामी साधु संन्यासी औरंगजेब के विरुद्ध क्रान्ति का प्रचार कर रहे थे। उनके दल में हजारों प्रचारी साधु शामिल थे और इनके अधीन सैकड़ों प्रचारक मंडलियाँ काम कर रही थीं।

गुरु गोबिंद सिंह का भी इनके साथ पूरा संपर्क था। स्वयं गुरु गोबिंद सिंह हरियाणा में पहुँचे थे और अनेक स्थानों पर वीरता का उपदेश दिया था। गुरु समर्थ रामदास की ये मण्डलियाँ ऊँटों पर, घोड़ों पर और पैदल गाँव-गाँव में घूमती थीं और पंचायत के अनेक नेता और योद्धा इन मण्डलियों के साथ थे। जिनमें से कुछ प्रमुख लोग थे : मोहनलाल ब्राह्मण, महावीर सिंह जाट, हरदेव चन्द गूजर, महा सिंह राजपूत, सोहन सिंह रोड़, तेलू राम जोगी – ये सब साधु वेश में थे। जब गुरु गोबिंद सिंह ने इन्दारपुर के पहाड़ पर एक साल

तक लगातार वीर हवन यज्ञ किया और देश के वीरों का आह्वान किया तब भी ये उपरोक्त मल्ल योद्धा वहाँ पर उपस्थित थे। पहाड़ी राजाओं की सेना के साथ जब गुरु गोबिंद सिंह के विरुद्ध औरंगजेब ने अपनी सेनाएँ भेजीं, तब गुरु गोबिंद सिंह का एक पत्र लेकर एक साधु सर्वखाप पंचायत के स्थान पर आया। तब हरियाणा पंचायत के 1200 मल्ल सैनिक साधुओं के भेष में गुरु जी की सेना में जा मिले। गुरु गोबिंद सिंह के पास उस समय अपने पाँच हजार सैनिक थे। गुरु जी ने अपने ओजस्वी भाषण में कहा कि बलिदान देने वाले वीर आगे आ जायें और जिन्हें अपना परिवार प्यारा हो वे अपने घर लौट जायें। इस कथन पर दो हजार लोग वापस लौट गए थे। परन्तु हरियाणा की पंचायत के 1200 मल्ल वीरों ने वहीं अपने 6 नेता चुने और यह प्रतिज्ञा की – 'हम अपने शरीर का अंग-अंग देशहित में कटवा देंगे परन्तु पीठ नहीं दिखलायेंगे।' वे 6 नेता ये थे – सेवाराम जाट, मेधाराम गूजर, कल्लू सिंह रोड़, श्योनखश अहीर, धोकल कोली जाट और सरजू। उन बारह सौ वीरों में

से छः सौ जाट मल्ल, तीन सौ गूजर मल्ल, दो सौ अहीर सैनी मल, चालीस रोड़, बीस राजपूत, बीस ब्राह्मण, दस कहार और तीस दूसरे मल्ल थे।

भागी मैदान का युद्ध और सर्वखाप

दोनों सेनायें भागी के मैदान में आ डटीं। औरंगजेब की सेना के पास बहुत तोपें भी थीं, परन्तु गुरु जी की सेना के पास और हरियाणा की पंचायती सेना के पास तलवारें, खाण्डे और भाले ही थे। उन्होंने प्रातःकाल ही शाही सेना पर तेज हमला बोल दिया और दोपहर तक बादशाही सेना के आठ हजार जवानों को घास की तरह काट डाला और जीत गुरु गोबिंद सिंह के ही हाथों में रही। इस युद्ध में मेरठ क्षेत्र के ग्राम शुकरनपुर (शिकोहपुर) के भागीरथ जाट मल्ल ने और लल (गठवाला) खाप के अभय सिंह जाट ने अद्भुत पराक्रम दिखाया। नवाजे नाम के एक गूजर वीर ने पेट के बल चल कर शत्रु की बारूद में आग लगा दी। गुरु गोबिंद सिंह ने हरियाणा की पंचायत के इस सहयोग के लिए साधुवाद भेजा।

नादौन ग्राम का युद्ध और हरियाणा के वीर

औरंगजेब की शाही सेनाओं से दूसरा युद्ध नादौन में हुआ था। बादशाही सेना में बयालीस हजार सैनिक थे। शाहजादा बहादुरशाह मुअज्जम तथा मिर्जा बेग उनके सिपहसालार थे। गुरु गोबिंद सिंह के पास 9000 सेना अपनी थी और नांगल देवत्व गाँव में संत समेराम की समाधि पर राष्ट्र रक्षा का प्रण लेकर 8000 सैनिक हरियाणा की पंचायत ने भेजे थे। इस प्रकार ये कुल सत्रह हजार थे। बराबर की शक्ति न होने के कारण छापामार अर्थात् गुरिल्ला लड़ाई की गई और गुरु जी ने सेना को पीछे हटने का आदेश दिया। फिर भी शाही सेना में झपट्टे मारते रहे और दिन में पाँच-दस कोस पर दूर जंगल में जा छिपते थे। दौलतराम जाट मल्ल ने शत्रु के रक्षकों को मार कर बारूद में आग लगा दी थी। इस प्रकार झपट्टे मारते हुए अपनी सेना सुरक्षित स्थान पर पहुँचा दी।

अन्दार का युद्ध और सर्वखाप

सन् 1701 ई में सरहिन्द के नवाब ने गुरु गोबिंद सिंह की सेना पर आक्रमण कर दिया। भयंकर लड़ाई हुई। गुरु जी के दो पुत्र और कई बड़े सरदार मारे गए, सर्वखाप पंचायत के भी कई योद्धा मारे गए। ये योद्धा होने के साथ-साथ प्रचारक भी थे। जब लड़ते-लड़ते थोड़ी सेना बच रही, तो वे भेष बदल कर दूसरी जगह चले गए।

चमकोर का युद्ध और सर्वखाप

इस चौथी लड़ाई में भी गुरु जी की मुट्ठी भर सेना ने बड़ी वीरता दिखाई। 1704 में 6 दिसंबर को गुरु गोबिंद सिंह और वजीर खान की अगुआई में मुगलों की सेना के बीच चमकौर (या चकमौर साहिब) की लड़ाई हुई थी। इस युद्ध में मुगलों की विशाल सेना के कारण सिखों को काफी नुकसान उठाना पड़ा। कई लोगों को अपनी जान गंवानी पड़ी। इसके बावजूद मुगल सेनापति वजीर खान गुरु गोबिंद सिंह को पकड़ने में नाकाम रहा। गुरु गोबिंद सिंह ने इस युद्ध का वर्णन जफरनामा में किया है। उन्होंने बताया है कि जब वे सारसा नदी को पार कर चमकौर पहुँचे तो किस तरह मुगलों ने उन पर हमला किया। इसमें भी हरियाणा की सर्वखाप पंचायत के पन्द्रह मल्लों का पराक्रम प्रशंसनीय रहा। तत्कालीन इतिहासकारों ने सर्वखाप पंचायत के योद्धाओं की वीरता का वर्णन इस प्रकार किया है – हरियाणा के ब्रह्मसिंह जाट ने डेढ़ पहर तक लगातार अखण्ड तलवार बजाई। अन्त में उसके पेट में शत्रु का एक भाला लगा। परन्तु इसने अपनी आँतें अन्दर करके बाँध लीं और इकसठ शत्रु सैनिकों को मार वीरगति प्राप्त की। दूसरे पंचायती वीर सैनिक गजराज की कनपटी पर तलवार लगी। उसने कनपटी पर कपड़ा बाँधा और सामने के शत्रुओं को मार कर अन्तिम साँस ली। हरियाणा के तीसरे वीर अजयसिंह की पसली में भाला लगा। उसने भाला बाहर निकाला ही नहीं और शत्रु के बावन सैनिकों को मौत के घाट उतार कर वीरगति

पाई। गुरुजी ने हरियाणा के पंचायती वीरों की मुक्त-कंठ से प्रशंसा की। अपने संदेश में गुरु गोबिंद सिंह ने हरियाणा के पंचायती क्षेत्र के गाँवों के ढाँचे, बस्तियों और खेती-बाड़ी की सराहना की है।

सच्ची सेवा

यह बात उस समय की है जब गुरु गोबिंद सिंह जी मुगलों से संघर्ष कर रहे थे। युद्ध में उनके सभी शिष्य अपने-अपने तरीके से सहयोग कर रहे थे। शाम को युद्ध समाप्त हो जाने के बाद गुरु गोबिंद सिंह जी के सभी सेनानी उनके साथ बैठकर उनसे उपदेश ग्रहण करते और आगे की रणनीति पर विचार-विमर्श करते थे। हर सेनानी को गुरु जी ने निश्चित जिम्मेदारी सौंप रखी थी, ताकि वे अपना ध्यान युद्ध पर लगा सकें।

एक दिन उन्होंने अपने एक शिष्य धन्ना को युद्ध में सैनिकों को पानी पिलाने का काम सौंपा। वह अपने कंधे पर पानी से भरा मशक लटकाकर सैनिकों को पानी पिलाने के काम में तन-मन से जुट गया। युद्ध करते हुए जब काफी समय बीत गया, तो एक दिन किसी सैनिक ने गुरु गोबिंद सिंह जी से शिकायत की कि धन्ना घायल सिखों के साथ दुश्मन के भी घायल सैनिकों को पानी पिलाता है। जब उसे मना करते हैं, तो वह हमारी बात को स्वीकार नहीं करता और अपने काम में लगा रहता है।

गुरु जी ने धन्ना को अपने पास बुलाया और पूछा, ''क्यों धन्ना, क्या यह सच है कि तुम घायल सिख सैनिकों के साथ हमारे सबसे बड़े शत्रु मुगलों के सैनिकों को भी पानी पिलाते हो?''

धन्ना ने हाथ जोड़कर उत्तर दिया, ''हाँ, गुरु महाराज, यह पूरी तरह सच है कि मैं शत्रु के सैनिकों को भी पानी पिलाता हूँ, क्योंकि युद्ध भूमि में पहुँचने पर मुझे शत्रु और मित्र में कोई अंतर नहीं दिखाई देता। फिर मैं आपकी दी हुई शिक्षा के अनुसार सब में एक ही परमात्मा को देखता हूँ। इसलिए मुझे जो भी घायल पड़ा दिखाई देता है, वह चाहे सिख हो या मुगल, मैं उन सभी को समान रूप से पानी पिलाता हूँ।''

गुरु जी ने धन्ना का उत्तर सुनकर उसकी पीठ थपथपाते हुए कहा, ''तूने मेरी दी हुई शिक्षा को सही अर्थों में आत्मसात् किया है और उसे सार्थक सिद्ध किया है। तू मेरा सच्चा शिष्य है।''

बलिदानी की खोज

मातृभूमि की बलिवेदी पर सर्वस्व भेंट कर अभी गुरु गोबिंद सिंह उज्जैन में आए ही थे कि अचानक उनकी भेंट एक तीर्थयात्री से हो गई। वह यात्री कोई साधारण यात्री नहीं था, वरन दाऊद पंथी गुरु सेवा में बीसियों शिष्य थे। नाम था उसका गुरु नारायण दास। इस समय वह रामेश्वर की यात्रा करके वापस लौट रहे थे। वह अपने शिष्यों को वहाँ के किसी साधु के बारे में बता रहे थे, तो गुरु गोबिंद सिंह भी उससे कुछ पूछ बैठे कि उसने वहाँ क्या चमत्कार देखे? इस पर गुरु नारायण दास बोले, ''मैंने बड़ी लम्बी तीर्थयात्रा की है। वहाँ पर शेष तो सब कुछ जड़ ही था, जिसे मिट्टी और पत्थर से अधिक संज्ञा नहीं दी जा सकती, लेकिन नांदेड में अवश्य एक चमत्कारी व्यक्ति के दर्शन किये।''

''अच्छा।'' गुरु गोबिंद सिंह ने उत्सुकतावश प्रश्न किया, ''कौन था वह व्यक्ति, क्या चमत्कार है उसके अंदर?''

''क्या नहीं है उसमें।'' गुरु नारायण दास बोला, ''वह एक मठ का महन्त है, शरीर उसका कुन्दन की भांति चमकता है। जिन्न, भूत उसके वश में हैं। जिसके लिये जो कुछ उसकी जबान से निकल जाता है, पत्थर की रेखा बन जाता है। बस सारी यात्रा में मैंने यही पुरुष देखा, जिसके दर्शन से मैं धन्य हो गया।''

''क्यों बाबा?'' गुरु गोबिंद सिंह ने नारायण दास से पूछा, ''उस चमत्कारी साधु का नाम क्या है, तथा उसके दर्शन कैसे हो सकते हैं?''

''नाम है उसका वैरागी माधो दास!'' गुरु नारायण बोला, ''नांदेड' में उसकी इतनी ख्याति है कि जिससे पता पूछोगे, वह स्वयं मठ तक पहुँचा देगा। वह ही व्यक्ति ऐसा है, जो आपके लक्ष्य को परवान चढ़ा सकता है।''

वैरागी माधो दास से भेंट

गुरु गोबिंद सिंह ने निश्चय किया कि वे वैरागी माधो दास से अवश्य भेंट करेंगे तथा उसे राष्ट्रधर्म व कर्म योग की ओर मोड़ने का यत्न करेंगे। न जाने किस अज्ञात शक्ति की प्रेरणा से वे उस ओर ऐसे खिंचे चले गए जैसे लोहा चुम्बक की ओर खिंच जाता है। प्रकृति का नियम है, दिल से दिल की राहत होती है। वही बात यहाँ भी चरितार्थ हुई है।

पंजाब में गुरु गोबिंद सिंह जो बलिदान देकर आए थे। उसकी पूरी कहानी वैरागी के कानों में पड़ चुकी थी। जिस दिन वैरागी ने गुरु गोबिंद सिंह के उन वीर पुत्रों की कहानी सुनी जो दीवारों में चिन दिये गए थे, उस दिन उसका मन किसी काम में नहीं लगा। पूजा-पाठ भी उसने किया, अवश्य, किन्तु उसकी भुजा रह-रह कर फड़क रही थी। उसके मन के किसी कोने में क्षात्र धर्म जाग उठा था। सहसा उसे उसके एक शिष्य ने आकर सूचना दी कि गुरु गोबिंद सिंह पंजाब से आए हुए हैं और वैरागी से मिलना चाहते हैं। गुरु गोबिंद सिंह का नाम सुनते ही वैरागी का शरीर रोमांचित हो उठा। वह स्वयं उस वीर के दर्शनों के लिए बेचैन हो उठा जो इतनी आहुतियाँ देकर आया था।

वैरागी जल्दी से पैरों में खड़ाऊँ डाल कर उनके दर्शनों के लिए इस प्रकार दौड़ पड़ा जैसे कोई प्यासा व्यक्ति तालाब की ओर दौड़ पड़ता है। कई बार उसके मस्तिष्क में गुरु गोबिंद सिंह के दर्शनों की प्यास लगी थी। वैरागी को स्वयं ही अपने पास दौड़कर आते देख गुरु गोबिंद सिंह के हृदय में आशा की रेखा उभर आई।

दो वीर आपस में मिले, तो ऐसा लगा जैसे न जाने किस युग के बिछड़े हुए साथी आपस में मिले थे। दोनों के नेत्र आपस में टकराए तो ऐसा लगा जैसे हवा रुक गई हो, आपस में चिंगारियाँ-सी फूट पड़ी हों। दोनों के वक्ष आपस में मिले तो ऐसा लगा जैसे दो हिमालय मिल कर एक हो गए हों।

गुरु गोबिंद सिंह ने महसूस किया कि वैरागी की धमनियों में गर्म लोहू

का सागर विद्यमान था। उसके मुख मण्डल पर दृढ़ निश्चय की आभा थी, मस्तक पर तेज की रेखाएँ थीं तथा हड्डियों में बज्र सा बल था। वैरागी का जैसा चित्र उन्होंने मस्तिष्क में बनाया था, वैरागी ठीक उसी का प्रतिरूप निकला।

गुरु गोबिंद सिंह को इस बात का विश्वास हो गया था कि उन्हें जिस महापुरुष की खोज थी, वह उन्हें मिल गया था। जिस वीर सेनानी की उन्हें तलाश थी, वह इस समय अप्रत्याशित रूप में उनके सम्मुख खड़ा था। साथ ही साथ उन्होंने यह भी महसूस किया कि वैरागी उस समय तक वैराग्य की चरम सीमा पर पहुँचा हुआ था।

"वैरागी तुम महान हो।" गुरु गोबिंद सिंह बोले, "तुमने कठिन तपस्या से वैराग्य की चरम सीमा प्राप्त कर ली है। तुम अनुपम ब्रह्मचारी हो।"

"गुरुवर! यह तो आप जैसे संतों का ही प्रताप है।"

"नहीं यह आपकी तपस्या का फल है।" गुरु गोबिंद सिंह बोले, "तुम्हारे भीतर एक और प्रतिभा भी मैं देख रहा हूँ, उसके लिए भी तुम अभिनन्दनीय हो।"

"अर्थात्!"

"मैं देख रहा हूँ, तुम्हारे रक्त में वीरत्व लहलहा रहा है। तुम्हारे मस्तक पर क्षात्र का तेज दमक रहा है। तुम्हारे वक्ष में हिमालय की दृढ़ता उभरी हुई है। और यह सब व्यर्थ है।"

"व्यर्थ है...मतलब?"

"जब तक तुम्हारा यह शरीर अपने देश, जाति और धर्म की रक्षा के लिए बलिदान नहीं होगा, तब तक तुम्हारी तपस्या व्यर्थ ही है।"

"आज्ञा करें गुरुदेव।"

"औरंगजेब ने चारों तरफ हाहाकार मचा रखा है। हिन्दुओं का उसने जीना दूभर कर दिया है। ऐसे नीच को इस संसार में जीने का अधिकार नहीं और उसे दंड तुम्हारे जैसे वीर ही दे सकते हैं।"

''गुरुदेव, लेकिन मैं संसार को छोड चुका हूँ, मेरा मार्ग संन्यास का है।'' वैरागी बोला, ''सांसारिक सुख-दुःख से प्रभावित होना पुनः मोह-जाल में फँसने के बराबर है, जिसे लाँघ कर मैं इस मार्ग पर अग्रसर हुआ हूँ।''

''तुम सच्चे वैरागी हो, मैं मानता हूँ।'' गुरु गोबिंद सिंह बोले, ''लेकिन यदि हर समर्थ और वीर व्यक्ति यही ठान ले तो देश की रक्षा कौन करेगा?''

''आप ठीक कहते हैं।'' वैरागी बोला, ''लेकिन क्या मेरे लिए यह उपयुक्त होगा कि मैं इस मार्ग को छोड़ कर पुनः साँसारिक मोह में बंध जाऊँ?''

''मोह में बँधने की बात मैं नहीं कहता। मैं तो केवल इतना कहता हूँ कि तपस्या आत्मबल का साधन होती है, उसका सही उपयोग कर्म मार्ग में है निवृत्ति में नहीं।'' गुरु गोबिंद सिंह बोले ''अत्याचारियों से देश-धर्म की रक्षा करने के लिए शस्त्र उठाना ही कर्मयोग है।''

गुरु गोबिंद सिंह की तलवार उस समय लकड़ी की चौकी पर रखी हुई थी। वैरागी ने झपट कर वह तलवार उठा ली। उसके शिष्य यह देख चकित रह गए, ''मैं इस तलवार की सौगन्ध लेता हूँ गुरुवर।'' वैरागी बोला, ''जब तक मैं शत्रुओं से प्रतिशोध नहीं ले लूँगा, जब तक उनको मां के वक्ष से खदेड़ नहीं दूँगा, तब तक चैन से नहीं बैठूँगा। मैं अपने रक्त की अन्तिम बूंद तक धर्म रक्षा में बहा दूँगा। मुझे आदेश दे दीजिये तथा मेरा मार्गदर्शन कीजिये।''

''विजयी भव वैरागी।''

''वैरागी नहीं, आपका बन्दा, यानी बन्दा वैरागी।''

''वैरागी जी।'' पास बैठा एक साधु उससे बोला, ''आप संन्यास ले चुके हैं। तपस्या के द्वारा आपने वैरागी पद प्राप्त कर लिया है। शास्त्रों में इससे बड़ा और कोई भी पद नहीं है। ऐसी स्थिति में आपको इससे मुख नहीं मोड़ना चाहिए।''

''आपका आरोप सही नहीं बाबा।'' वैरागी उस साधु से बोला, ''मैं वैराग्य से मुख नहीं मोड़ रहा, वरन उसका सही उपयोग करने जा रहा हूँ।'''

"वैरागी जी।" वह साधु पुनः बोला, "क्या इस निर्णय से आप वैरागी जैसे उच्च पद से निम्न स्तर पर गिर नहीं जाएँगे?"

"नहीं बिल्कुल नहीं।" वैरागी ने शान्तिपूर्वक उत्तर दिया, "मुझे पद का कोई लोभ-लालच नहीं है। मैंने वैराग्य पश्चाताप करने के लिए लिया था, वह मैं कर चुका हूँ। तपस्या के द्वारा मैंने आत्मबल बढ़ाया है, कोई पद प्राप्त नहीं किया और अब उस आत्मबल के बल पर मैं शक्ति की उपासना करूँगा, धर्म की रक्षा करूँगा।"

इस समय वैरागी के पास उसके सभी शिष्य एकत्र हो गए थे। इनके अतिरिक्त और भी बहुत से भक्त वहां एकत्र हो गए थे। मठ में साधु-सन्त आकर आश्रय लेते थे। इस समय भी बहुत से तीर्थ यात्रा करते हुए वहाँ आए हुए थे। उनको भी जब यह पता लगा कि मठ का ख्याति प्राप्त संत वैरागी माधोदास पुनः क्षात्र धर्म में प्रवृत्त होने जा रहा है, तो वे सब भी उसके पास आकर बैठ गए।

सभी के लिए यह बात महान आश्चर्य की थी। किसी ने भी आज तक किसी वैरागी को इस प्रकार देश धर्म की रक्षा के लिए वैराग्य छोड़ कर तथा घोर तपस्या द्वारा अर्जित ख्याति एवं आत्मबल की प्रतिष्ठा को लाँघ कर इस प्रकार निर्णय करते नहीं देखा था। बंदा वैरागी ने प्रस्थान की सभी तैयारियाँ कर लीं।

वैरागी के लिए समस्त वीर परिधान गुरु गोबिंद सिंह की ओर से आ गए। वही उसने गुरु-प्रसाद के रूप में धारण किये। अब उस की कटि में तलवार और कन्धे पर धनुष वाण सुसज्जित हो गया। वीर वेष में वह एक प्रबल तथा अद्वितीय सेनानी प्रतीत हो रहा था। गुरु गोबिंद सिंह ने उसे विजयी होने का आशीर्वाद दिया। गुरु के सैकड़ों सिख वीर वेष धारण किये वैरागी के साथ हो लिये। सैकड़ों साधु और वैरागी के शिष्य अपनी-अपनी कमर में तलवार बाँधे तथा हाथों में ढाल थामे भी वहाँ आ पहुँचे थे। इस समय वैरागी की आयु 36 वर्ष की थी। तेज उसके अंग-प्रत्यंग से झिलमिला

रहा था। अपनी छोटी सी सेना को लेकर वैरागी पंजाब की ओर चल दिया। वैरागी तो वैरागी ही था, उसे किसी चीज का लोभ-लालच नहीं था। उसका उद्देश्य तो बस भारत माता के कष्टों का निवारण करना ही था। चलते-चलते जब वैरागी की टोली भरतपुर पहुँची, तो भरतपुर के कुछ पंजाबी व्यापारी इनसे आकर मिले।

उन लोगों ने महसूस किया कि वैरागी के पास धन नहीं है, इस कारण उसे भारी कठिनाई हो रही है। व्यापारियों ने प्रयत्न करके एक बड़ी रकम एकत्र कर वैरागी को भेंट कर दी। इस धन से उसने सेना को मजबूती प्रदान की। दूसरे दिन प्रातः ही वीर बन्दा वैरागी ने अपने समस्त साथियों को एक स्थान पर एकत्र किया।

वैरागी चाहता था कि इन लोगों को पंजाब पहुँचाने से पूर्व ठीक से तैयार कर लिया जाए। वह बोला, "साथियो! हम लोग गुरु गोबिंद सिंह जैसे महापुरुष के आदेश पर पंजाब चल रहे हैं। हमें भारत माता को आजाद कराना है। हमें नहीं भूलना चाहिये कि धर्म की रक्षा में उन्होंने अपने अबोध बालकों तक को भेंट चढ़ा दिया। यदि हम लोग छोटी-छोटी कठिनाइयों से प्रभावित हुए अथवा स्वार्थों में पड़े तो उनका अधूरा कार्य कैसे पूरा होगा?"

गुरु गोबिंद सिंह का अधूरा कार्य हुआ पूरा

श्रावण के महीने में वैरागी अपनी टोली के साथ खण्डा पहुँचा और फिर वहाँ से करसला नगरोटा होते हुए टोहाना जा पहुँचा। यहाँ पर भी उसे अनेक लोग ऐसे मिले जो उसकी टोली में सम्मिलित हो गए। हिसार पहुँचते-पहुँचते वीर वैरागी के पास एक छोटी-सी सेना तैयार हो गई। इसके बाद यहाँ सिखों व सर्वखाप जाट मल्लों के जत्थे के जत्थे वीर वैरागी की सेना में सम्मिलित होने लगे। पंजाब के गाँव-गाँव में बन्दा वैरागी के नाम पर लोक गीत बन गए। समस्त पंजाब में उत्साह का वातावरण फैलता चला गया।

इस समय वैरागी भिवानी में थे। उनके पास अच्छी-खासी सेना खड़ी हो गई थी। अब कार्य आरम्भ करने का समय था कि सेना संगठन तभी सफल होता है, जब धन की कमी न हो। सहायता के रूप में लोगों से धन प्राप्त होने की आशा भी नहीं थी, जिससे वह सेना का खर्च उचित रूप से चला सके। गम्भीरता से विचार करने के बाद उसने उन विदेशी आक्रांताओं को लूटने का निश्चय किया, जो भारत के शासक बन बैठे थे। लूटमार से दो लाभ थे। एक तो शाही खजानों को लूटने से उनकी शक्ति शिथिल पड़ती थी, दूसरे सेना के लोग आराम से गुजर-बसर कर सकते थे। उस समय भिवानी के सरकारी खजाने में काफी रुपया था, अतः उसने वहीं से कार्य आरम्भ करना उचित समझा। रात्रि की संगत में वैरागी की घोषणा सुन उत्साह से भर गई।

"साथियो! कल प्रातःकाल होते ही हम लोगों को भिवानी के सरकारी खजाने को लूटना है। सब लोग अपने शस्त्रास्त्र लेकर एकत्र हो जाएँ।"

"बाबा बन्दा वैरागी की जय।" के जोरदार नारे के साथ इस घोषणा का हृदय से स्वागत हुआ। दूसरे दिन वीर वैरागी अपने साथियों को ले भिवानी के सरकारी खजाने पर टूट पड़ा। कुछ ही देर में खजाने पर उसका अधिकार हो गया। खजाने में धन के अतिरिक्त उसे शस्त्रास्त्र का भण्डार भी मिला। वैरागी की वाणी में जादू का असर था। उसकी एक आवाज पर मुट्ठी भर लोग खजाने के प्रहरियों पर टूट पड़े थे। कुछ ही देर में सारा धन लूट कर वैरागी के चरणों में डाल दिया था। यही समय था जब वैरागी लोगों पर अपना प्रभाव जमा सकता था। उसने खजाने से लूटे हुए सारे समान पर एक उचकती सी दृष्टि डाली, फिर अपने सिखों की ओर देखा।

"वीर सेनानियो।" वैरागी गम्भीर वाणी में बोला, "चार व्यक्ति आगे आ जाओ।"

आगे की पंक्ति से चार व्यक्ति आगे आ गए। वे वैरागी का आदेश सुनने के लिए आतुर थे। शेष सभी लोग भी उत्सुकता से उसकी ओर देख रहे थे।

"लूटा हुआ सारा धन, सब लोगों में बराबर बाँट दो।" वैरागी ने उन चारों को आदेश दिया, "अपना हिस्सा भी अलग रखते जाना। यह धन हमारा ही है। इन लुटेरों ने हमारा ही देश लूटा है और इन्हें अब हम लूट रहे हैं।"

आदेश का पालन किया गया। सारे का सारा धन सिख सेना में बाँट दिया गया तथा शस्त्रास्त्र वहीं जमा कर दिए गए। दभिवानी के सरकारी खजाने पर अधिकार तथा लूट का माल सभी में बाँट देने वाली घटना पंजाब-भर में फैल गई। औरंगजेब के कानों तक भी यह घटना पहुँची तो वह भी चिंतित हो उठा, "यह वैरागी अचानक ही कौन पैदा हो गया।"

"यह गुरु गोबिंद सिंह का शिष्य है," किसी ने उसे बताया, "वैरागी ने नगर-नगर, गाँव-गाँव, घर-घर अलख जगाना आरम्भ कर दिया है। लोग उसकी सेना में सम्मिलित होने के लिए टूट पड़े हैं। शिवाजी की रणनीति के बारे में वह पहले ही सुन चुका है। उसी रणनीति के अनुसार उसने भी इधर-उधर छापे मार-मार कर लूट मार करने की नीति अपनाई है।"

"अब हम यह दिन भी देखेंगे कि हमारी सल्तनत में हमारे ही सामने चींटियों के भी पर निकलने लगे।" औरंगजेब ने कहा, "नवाब को उसका दमन करने के लिए कहो। हम हर हाल में उसका दमन चाहते हैं। हम नहीं चाहते कि कोई हमसे बढ़कर भी लुटेरा पैदा हो।"

नबाब के पास संदेश भेज दिया गया। एक व्यंगपूर्ण अट्टहास करता हुआ नवाब बोला, "सुन रहे हो सिखो! तुम्हारा एक गुरु और आ गया है। एक गुरु की दुर्गति तो तुम लोग स्वयं देख चुके हो कि वह इधर-उधर मारा-मारा फिर रहा है। अब इसकी भी ऐसी खबर लेनी पड़ेगी कि इसकी दुर्गति को देख आगे से कोई भी सिख सर न उठा सके।"

सिख इस समय नवाब के दरबार में थे। उन्हें उसकी ऐसी बात तीर की तरह लगी, लेकिन वहाँ कुछ भी बोलने अथवा नवाब का विरोध करने का अर्थ था मौत को अंजाम। अतः वे खून के घूँट पी कर रह गए। अपने गुरु का इतना अपमान उन लोगों ने पहले कभी नहीं सुना था। इस अपमान को

वे लोग खामोशी से सहन तो कर गए, लेकिन उनकी आत्मा तड़प उठी।

वैरागी सर्वप्रथम आक्रमण उस स्थान पर करना चाहता था, जहाँ सफलता सेना के लिए उत्साह का काम करे। सिखों से उसे इस बात का पता चला कि सामाना नगर के रहने वाले अली हुसैन ने गुरु गोबिंद सिंह को इतना बड़ा धोखा दिया कि उन्हें उसी के कारण आनन्दपुर छोड़ना पड़ा था। इसके बाद अली हुसैन ने सरहिन्द के नवाब से कहा था कि साँपों के बच्चे साँप ही होते हैं, उनका सर कुचल देना चाहिए।

इसी बात पर गुरु गोबिंद सिंह के बच्चों को बन्दी बनाकर दीवार में चिन देने का आदेश दिया गया था। यही नहीं जलालुद्दीन नामक वह व्यक्ति भी इसी नगर का था जो गुरु तेग बहादुर का घातक था। इस नगर में नवाब के धनी मुसाहिद रहते थे। यहाँ के नागरिक बड़े क्रूर प्रवृत्ति के थे तथा हिन्दुओं को जब तब लूट लिया करते थे। इस नगर के रहने वालों के विरुद्ध यह भी आरोप थे कि वे आस-पास के हिन्दू गाँवों पर आक्रमण करके धन तथा पशु चुरा लेते थे अथवा लूट ले जाते थे। सहसा एक घटना घट गई। सामाना-वासियों ने एक रात पास के हिन्दू गाँव पर आक्रमण किया और लूट पाट करके ले गए। यही नहीं वहाँ के कुओं में गाय काट कर उसका मांस डाल दिया। गाँव वासियों में त्राहि-त्राहि मच गई। कई लोग यहाँ से भागे-भागे आए और उन्होंने वीर वैरागी को गाँव में हुई घटना का समाचार दिया।

उन लोगों की पीड़ा देख वैरागी के नेत्रों में रक्त उतर आया। उसकी भुजाएँ फड़क उठी। धर्मान्ध लोगों द्वारा हिन्दुओं पर होने वाले अत्याचार को देख उसकी आत्मा बिलबिला उठी। उसका हृदय चीत्कार कर उठा। उसने म्यान में से तलवार खींच ली।

''मैं सामाना की ईंट से ईंट बजा दूँगा।'' वह चीख-सा पड़ा और दूसरे दिन—उसने अपनी पूरी शक्ति के साथ सामाना की ओर कूच कर दिया। वैरागी के समस्त साथी जोश-खरोश के साथ आगे बढ़ते चले गए। जब सामाना नगर थोड़ी दूर रह गया, तो वैरागी सभी लोगों के मध्य आ खड़ा हुआ।

"बहादुरो! अब समय आ गया है कि हम लोग महान गुरु तेग बहादुर की नृशंस हत्या का बदला लें और गुरु गोबिंद सिंह के अबोध बच्चों को साँप के बच्चे कहने वाले अपराधी की भूमि को रौंद कर रख दें।"

"गुरु तेगबहादुर की जय, गुरु गोबिंद सिंह की जय, वीर बन्दा वैरागी की जय।" सारे के सारे लोग इतनी जोर से बोल उठे कि आकाश गूँज उठा।

"सामाना नगर की ईंट से ईंट बजाओ।" वैरागी उत्साहपूर्वक बोला, "सारे नगर को लूट लो। जो सैनिक जितना माल लूट लेगा, वह सारा उसी को दे दिया जाएगा। आगे बढ़ो और सामाना पर धावा बोल दो।"

"जो बोले सो निहाल—सतश्री अकाल।" का नारा गूँज उठा।

साथ ही वैरागी अपने साथियों सहित सामाना नगर पर टूट पड़ा। वैरागी की सेना ऐसी जोश में थी कि उसका सामना कोई न कर सका। सारे सामाना नगर में भगदड़ मच गई। वैरागी की सेना ने नगर के चप्पे-चप्पे को लूट लिया। नवाब के भवनों को धराशायी कर दिया। जिस किसी ने प्रतिरोध किया, उसे तुरन्त मौत के घाट उतार दिया गया। नगर निवासी भयभीत होकर जंगलों में भाग गए। नवाब की दावत खाने वालों को जंगली बेरों से पेट भरना पड़ा। जो लोग मखमली गद्देदार बिस्तरों में ऐश-इशरत करते थे, उन लोगों को जंगल में फैली रेत पर पत्थर के तकिए लगाकर गुजर करनी पड़ी। इस प्रकार निरन्तर तीन दिन तक सामाना नगर को लूटा जाता रहा। नगर ने कब्रिस्तान का रूप ले लिया। अब वैरागी ने लगातार आक्रमण करते रहने की नीति अपनाई।

वह जानता था कि वह जितनी अधिक लूटमार करेगा, उसके सैनिक उतने ही अधिक सन्तुष्ट रहेंगे और उसकी सेना का आकार भी उतना ही बढ़ता चला जाएगा। अतः उसने आक्रमण करने की एक पूरी योजना बनाकर अपनी सेना को कूच करने का आदेश दे दिया। सर्वप्रथम वैरागी की सेना ने अम्बाला पर आक्रमण किया। उसकी सेना वहाँ से सरकारी खजाने को लूट कर सैफाबाद, संवारा तथा दामना आदि को लूटती हुई कैथल की ओर बढ़

गई। यहाँ तक आते-आते मार्ग में अनेक मुसलमानी नगर पड़े। उन सबको पूर्णतः लूटती तथा नष्ट करती हुई यह सेना कुंजपुर नामक स्थान तक आ गई। कुंजपुर आते ही वैरागी को याद आया कि इसी नगर के काजियों ने गुरु गोबिंद सिंह के मासूम बच्चों को दीवार में चिन देने की व्यवस्था की थी। सिख सैनिकों में भी प्रतिशोध की ज्वाला धधक उठी। वैरागी का आदेश पाते ही सिख सैनिकों ने कुंजपुर पर ऐसा भयंकर आक्रमण किया कि सारे नगर को उजाड़ कर रख दिया।

कुंजपुर निवासी मुसलमान थे। वे सभी लगभग अर्द्ध सैनिक थे, वहाँ का शासक सरहिन्द के नवाब का खास सम्बन्धी था। उसने लोगों को ललकारा तो वे हथियार ले ले कर बाहर निकल आए। वैरागी की सेना का सामना करने के लिए उन लोगों के पास शस्त्रों की कमी नहीं थी लेकिन वैरागी की सेना भूखे शेरों की भांति झपट पड़ी थी। कुंजपुर के लोग सिख सेना का मुकाबला नहीं कर सके और जिसका जिधर को मुंह उठा वह उधर ही जान बचा कर भाग लिया। वैरागी को इस बात का पता था कि सरहिन्द का नवाब वहां के शासक का सम्बन्धी है, इसलिए कुंजपुर की सेना की सहायता करते उसे देर न लगेगी।

वह सैनिकों के मध्य आकर चीखा, ''लूट लो एक-एक मकान को। घरों में आग लगा दो, जो कुछ दिखाई दे उसे नष्ट कर दो। कुंजपुर को कब्रिस्तान बना दो।'' वैरागी की वाणी में इतना जोश था कि उसका आदेश पाते ही सिख सैनिकों ने कुंजपुर को पूरी तौर से लूट लिया। जो सामने आया उसे मौत के घाट उतार दिया। जो कुछ लूटने से बचा उसे नष्ट कर दिया।

जब तक नवाब की सेना कुंजपुर पहुँची, तब तक वैरागी की सेना उसे पूर्णतः नष्ट कर के आगे बढ़ चुकी थी। सारा कुंजपुर कब्रिस्तान सा दिखाई दे रहा था। चारों ओर लाशों पर मंडराते गिद्ध ही गिद्ध दिखाई दे रहे थे।

इधर नवाब की सेना कब्रिस्तान में दिये जला रही थी उधर वीर बन्दा वैरागी की उत्साही सेना एक पठान गाँव को लूट रही थी। इस गाँव में केवल

पठानों का ही पड़ाव था। गांव के सभी पठान लुटेरे थे, जो हिन्दू गाँवों में लूटमार किया करते थे। यही इनका व्यवसाय था। सरहिन्द के नवाब की ओर से इन को लूटने की अनुमति भी प्राप्त थी, लेकिन ये लूटते हिन्दुओं को ही थे।

वैरागी की सेना ने इन लोगों को ऐसा लूटा कि पिछला सारा माल निकलवा लिया। पठानों ने भी बड़ा मुकाबला किया, लेकिन वे बहुत बड़ी संख्या में सिखों के हाथों मारे गए। सारे का सारा गाँव कुंजपुर की तरह उजाड़ दिया गया। नवाब सरहिन्द को जब यह पता चला कि वैरागी की सेना ने कुंजपुर को लूट लिया है, तो वह क्रोध से आग-बबूला हो गया। उसने तुरन्त एक बड़ी सेना को यह आदेश देकर कुंजपुर रवाना कर दिया कि वैरागी की सेना को पूर्णतः नष्ट-भ्रष्ट करके वैरागी को जीवित या मृत लाकर उसके चरणों में डाल दिया जाए।

नवाब की सेना उतनी ही घमण्ड में चूर थी, जितना नवाब स्वयं था।

सेना ने कुंजपुर की ओर कूच कर दिया। यह सेना भी बहुत बड़ी थी। यह सेना जिस समय कुंजपुर पहुँची, तो सैनिक यह देखकर दंग रह गए कि कुंजपुर के स्थान पर कब्रिस्तान बन गया था। सेना तुरन्त उस ओर बढ़ चली, जिधर वैरागी की सेना गई थी। एक बार तो वैरागी के मस्तिष्क में आया कि लूट-मार कर ही ली है, आगे बढ़ जाएँ लेकिन फिर यह सोचकर विचार बदल दिया कि एक मुठभेड़ कर ही ली जाए, सिख सैनिकों के हौसले बुलन्द हैं।

"सैनिको! अब एक बड़ी मुठभेड़ के लिए तैयार हो जाओ।" वैरागी बोला, "नवाब सरहिन्द की सेना आ रही है। उस पर ऐसे तीर बरसाओ की नवाब की सेना कबूतरों की तरह लोट-पोट होती दिखाई देने लगे।"

वैरागी की सेना मुठभेड़ के लिए तैयार हो गई। जब दोनों सेनाएँ आमने-सामने पड़ीं तो नवाब की सेना 'अल्लाहो अकबर' का नारा लगाकर वैरागी की सेना पर टूट पड़ी। सिखों ने भी 'सत श्री अकाल' का नारा बुलन्द कर उस पर आक्रमण कर दिया। वैरागी की निशानेबाजी का यही उपयुक्त समय था। उसने अपने धनुष से जो वाण बरसाने आरम्भ किये, तो नवाब की सेना बिंधती चली गई। वैरागी की इतनी जबर्दस्त निशानेबाजी को देख सेना के हौसले और भी बढ़ गए। उन्होंने भी निशाने ले लेकर नवाब की सेना पर वाणों की वर्षा करना आरम्भ कर दी। नवाब की सेना को यह मुठभेड़ बड़ी महंगी पड़ी।

नवाब की सेना के बड़े-बड़े सेनानी बड़ी संख्या में धराशायी हो गए। इस सेना का सेनापति एक पठान था। वैरागी का एक तीर उसके वक्ष में लगा तो वह 'हाय अल्लाह' करके भूमि पर गिर पड़ा। उसका गिरना था कि नवाब की सेना के पैर उखड़ गए। सैनिक इस बुरी तरह भागे जैसे उन्होंने भूत-प्रेत देख लिये हों। वैरागी के आदेश पर सिख सेना ने इनका पीछा किया। इस पर वे और भी भयभीत हो गए। सैकड़ों सैनिक तो भगदड़ में ही कुचल कर मर गए। जो शेष बचे वे अपने सारे हथियार छोड़ कर भागे। वैरागी की सेना ने इनका अधिक पीछा नहीं किया। नवाब की सेना के साथ वैरागी की

यह पहली मुठभेड़ थी। इसमें वैरागी को बहुत से हथियार प्राप्त हो गए, जो उसने सैनिकों में बाँट दिए। नवाब की सेना पर जो वाणों की बौछार हुई थी, उसमें कोई भाग्यशाली सैनिक ही बच पाया होगा, जिसके किसी अंग पर चोट न आई हो, अन्यथा हरेक को कहीं न कहीं तीर अवश्य लगा था। वैरागी एक के बाद एक जंग जीतता चला गया और पंजाब के काफी बड़े हिस्से पर उसने अधिकार जमा लिया। वैरागी का साहस देखकर हिन्दुओं को ऐसा लगने लगा था कि हिन्दुओं की रक्षा हेतु ही उसका अवतार हुआ है। वे लोग वैरागी को राम-कृष्ण की भांति अवतार मानने लगे। हिन्दुओं की युवा पीढ़ी ने जब यह देखा कि वैरागी की सेना ने लोह गढ़ की स्थापना कर ली है तो इधर-उधर के क्षेत्रों से दल के दल युवकों के आते गए और वैरागी की सेना में भर्ती होते गए।

दिल्ली के शाही दरबार में भी जो खबरें भेजी गई, उनमें भी यही कहा गया कि वैरागी ने भूत-प्रेत, जिन्नादि अधिकार में किये हुए हैं, उन्हीं की गुप्त सहायता से वह बड़ी-बड़ी सेनाओं पर विजय प्राप्त कर लेता है। लेकिन सत्य यह था कि वैरागी इतना बढ़िया तीरन्दाज था कि उसका तीर कभी भी चूका ही नहीं था। वैरागी की वीरता सुनकर औरंगजेब आग बबूला हो उठा। इधर वैरागी की बढ़ती हुई ताकत ने औरंगजेब को बेहद चिन्तित कर दिया। उधर दक्षिण के राज्यों में जो बगावत हो रही थी, उसके लिए भी उसे वहाँ सेना भेजनी पड़ी। बीजापुर और गोलकुण्डा की रियासतों के साथ युद्ध करने में उसका बड़ा समय व्यर्थ गया। इतनी बात जरूर है कि इनको पराजित कर देने के बाद उसके राज्य की सीमा पूरे भारत पर हो गई। लेकिन औरंगजेब चाहकर भी वैरागी का बाल भी बांका न कर सका और बंदा वैरागी गुरु गोबिंद सिंह को दक्षिणा देता चला गया।

अक्टूबर सन् 1706 में गुरु गोबिंद सिंह जी दक्षिण में गए, जहाँ पर उन्हें औरंगजेब की मृत्यु का पता लगा। औरंगजेब ने मरते समय एक शिकायत पत्र लिखा था। हैरानी की बात है कि जो सब कुछ लुटा चुका था, (गुरुजी)

वो फतहनामा लिख रहे थे एवं जिसके पास सब कुछ था वह शिकस्त नामा लिख रहा है। इसका कारण था सच्चाई। गुरु गोबिंद सिंह ने युद्ध सदैव अत्याचार के विरुद्ध युद्ध किए थे, न कि अपने निजी लाभ के लिए।

सिखी में पाँच के अंक का गहरा आध्यात्मिक महत्व है। पाँच के इस विचार की बुनियाद पड़ी 1699 में आनंदपुर साहिब में बैसाखी के दिन, जब दशम पातशाह गुरु गोबिंद सिंह ने अस्सी हजार लोगों के विशाल समूह में से पाँच प्यारों की पहचान कर उन्हें अमृत-पान करवाया और उनकी झोली में पाँच ईश्वरीय वाणियाँ और पाँच ककार डाल दिए।

बाद में, इस क्रम में पाँच ऐतिहासिक तख्त भी जुड़ गए। सबसे पहले जानते हैं पाँच प्यारों की महत्ता। हालाँकि इनका विवरण हम पहले भी दे चुके हैं। ये पाँच प्यारे चारों दिशाओं से आए थे। भाई धर्मचंद हस्तिनापुर, उत्तर प्रदेश के थे, तो भाई हिम्मत चंद जगन्नाथपुरी, उड़ीसा के। इसी प्रकार भाई मोहकम चंद द्वारका, गुजरात से आए थे, जबकि भाई साहिब चंद बीदर, कर्नाटक से और भाई दया राम लाहौर से ताल्लुक रखते थे। पाँचों की बोली, पहनावा, खानपान और संस्कृति एक दूसरे से पूरी तरह से भिन्न थी। उत्तर

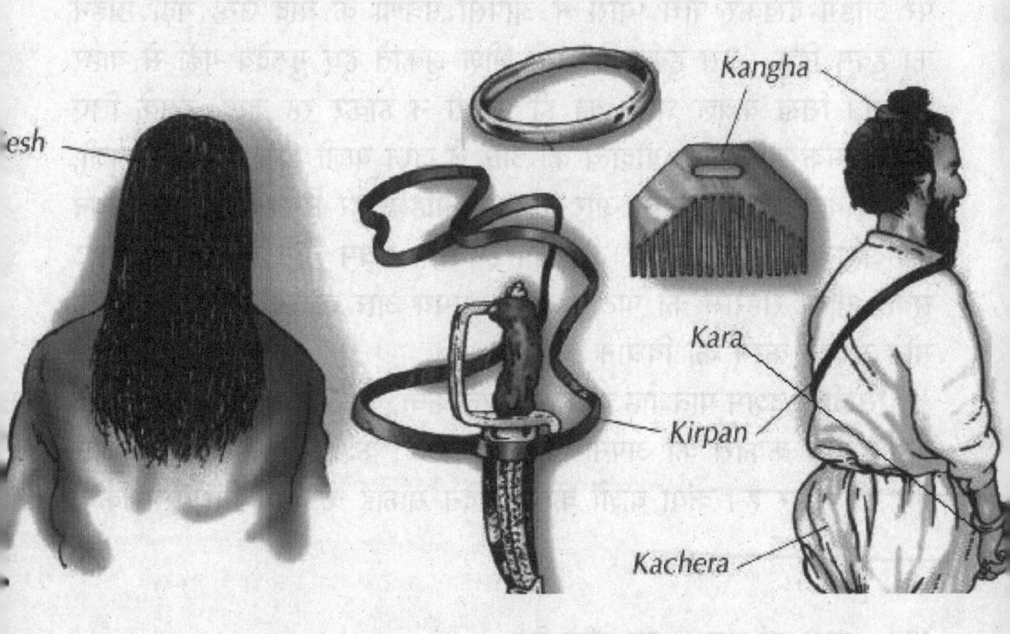

में लाहौर, सुदूर दक्षिण में बीदर, पश्चिम में द्वारका और पूर्व में जगन्नाथपुरी की भौगोलिक स्थितियों और संस्कृतियों को देखें, तो यह एक अनूठा संगम था। इस तरह जाति-संप्रदाय के नाम पर बंटे समाज के समन्वय की मिसाल बने पाँच प्यारे। गौरतलब है कि इनमें चार प्यारे तो तथाकथित छोटी जातियों – जाट, भिश्ती, नाई और रंगसाज से ताल्लुक रखते थे। सिर्फ एक ही प्यारे का संबंध खत्री यानी कथित तौर पर ऊँची जाति से था। शमशीर और खांडे की पैनी धार से गुरुदेव ने सामाजिक और धार्मिक दासता की बेड़ियाँ एक झटके में काट दीं। एक ही पात्र से अमृत पिलाकर गुरुदेव ने पाँचों को एक कर दिया। जाति और कुल के आधार पर दुनिया जिन्हें नीच कहकर प्रताड़ित करती आई थी, उन्हें डंके की चोट पर गुरु ने सरदार बनाने का ऐलान कर दिया। पाँच प्यारों के प्रति दशम पातशाह की श्रद्धा के कई प्रमाण मिलते हैं। चमकोर के युद्ध में सिर्फ पाँच को छोड़कर बाकी सभी सिख सैनिकों के शहीद हो जाने पर गुरुदेव ने खुद रणक्षेत्र में उतरने का फैसला किया। पंथ को दोबारा संगठित करने के व्यापक हित में पाँच प्यारों ने पहले तो उन्हें गढ़ी से चले जाने का अनुरोध किया। लेकिन गुरुदेव को अपने निर्णय पर अडिग देखकर पाँच प्यारों ने आपसी मंत्रणा के बाद उन्हें गढ़ी छोड़ने का हुक्म दिया। इस हुक्म के आगे शीश झुकाते हुए गुरुदेव गढ़ी से बाहर निकले। सिख केवल शक्ति का ही पुजारी न होकर रह जाए, इसके लिए आध्यात्मिक ज्ञान और औदात्य की ओर ले जाने वाली पाँच वाणियाँ जपुजी, जाप, सवैये, सोदर रहिरास और कीरतन सोहिला हर सिख के दैनिक जीवन का अनिवार्य अंग तय कर दी गईं। इनमें से प्रथम तीन वाणियों का पाठ सुबह, सोदर रहिरास का पाठ संध्या के समय और कीर्तन सोहिला का पाठ सोने से पूर्व करने का विधान है।

सिखी में दशम पातशाह द्वारा निर्धारित कंघा, कछ, केश, कड़ा और कृपाण नामक पांच ककारों का अपना खास महत्व है। केश परमात्मा की देन और गुरु की मोहर हैं। कंघा केशों की प्रतिदिन सफाई के लिए निर्धारित किया

गया। कच्छा शरीर के अंगों को ढकने और सात्विक जीवन जीने के लिए है। कड़ा दाएँ हाथ में पहनने का विधान किया गया, जो धारक को सदा अच्छे कार्य करने की प्रेरणा और बुरे कार्यों से बचने की चेतावनी देता है। कृपाण आत्मरक्षा के साथ-साथ दुर्बल तथा पीड़ित की रक्षा के लिए है।

अब बात करें पाँच तख्तों की। सिखी के पाँच तख्तों में से सर्वोच्च है अकाल तख्त, जिसका निर्माण छठे गुरु श्री गुरु हरिगोबिंद ने किया। राजसी सत्ता के प्रतीक इस तख्त पर गुरुदेव एक शहंशाह की तरह बैठते और लोगों के विवादों का निपटारा करते। बाकी चार तख्त : केसगढ़, दमदमा साहिब, पटना साहिब और सचखंड श्री हजूर साहिब का संबंध गुरु गोबिंद सिंह से है।

गुरु गोबिंद सिंह महान विद्वान भी थे, यही कारण है कि वे विद्वानों का बड़ा ही आदर करते थे। उन्होंने 1675 से 1680 तक 'उस्ताद पीर मोहम्मद' से उर्दू तथा फारसी की शिक्षा प्राप्त की। 1680 से 1690 के दरम्यान संस्कृति में लिए संस्कृत के प्राचीन धार्मिक ग्रंथों का अध्ययन कर उनका अनुवाद करवाया। देश के 52 विद्वानों की सभा गठित की जिनमें 'भाई नन्द लाल' सर्वश्रेष्ठ थे।

जहाँ शिवाजी राजशक्ति के शानदार प्रतीक हैं, वहीं गुरु गोबिंद सिंह एक संत और सिपाही के रूप में दिखाई देते हैं, क्योंकि गुरु गोबिंद सिंह को न तो सत्ता चाहिए और न ही सत्ता सुख। शान्ति एवं समाज कल्याण उनका ध्येय था। अपने माता-पिता, पुत्रों और हजारों सिखों के प्राणों की आहुति देने के बाद भी वह औरंगजेब को फारसी में लिखे अपने पत्र जफरनामा में लिखते हैं कि औरंगजेब तुझे प्रभु को पहचानना चाहिए तथा प्रजा को दुःखी नहीं करना चाहिए। तूने कुरान की कसम खाकर कहा था कि मैं सुलह रखूँगा, लड़ाई नहीं करूँगा, यह कसम तुम्हारे सिर पर भार है। तू अब उसे पूरा कर। गुरु नानक की दसवीं जोत गुरु गोबिंद सिंह अपने जीवन का सारा श्रेय प्रभु को देते हुए कहते हैं –

मैं हूँ परम पुरखको दासा,
देखन आयोजगत तमाशा।

गुरु गोबिंद सिंह सारे जीवन संघर्षरत रहे, यह कोई सामान्य बात नहीं है। यह उनके महान कर्मयोगी होने का प्रमाण है। उन्होंने खालसा के सृजन का मार्ग देश की अस्मिता, भारतीय विरासत और जीवन मूल्यों की रक्षा के लिए, समाज को नए सिरे से तैयार करने के लिए अपनाया था। वे सभी प्राणियों को आध्यात्मिक स्तर पर परमात्मा का ही रूप मानते थे।

अकाल स्तुति में उन्होंने स्पष्ट कहा है कि जैसे एक अग्नि से करोड़ों प्रकाश ज्वालाएँ उत्पन्न होती हैं, लेकिन सब अग्नि रूप हैं, उसी प्रकार सब जीवों की भी स्थिति है। उन्होंने हमेशा मानव कल्याण की ही चिंता की है और लोगों के उत्थान और जन कल्याण के लिए ही अपने सारे परिवार का बलिदान दे दिया। देश को ऐसे वीर पर गर्व और गौरव है।

अवतार या पैगंबर की अवधारणा युगों-युगों से चली आ रही है। हरेक धर्म-मजहब इस अवधारणा में विश्वास करता है। जब-जब धर्म का नाश होता है, तब-तब सत्य एवं न्याय का विघटन भी होता है तथा अत्याचार, अन्याय, हिंसा और आतंक के कारण मानवता खतरे में होती है। धर्म की हानि और अधर्म की वृद्धि ईश्वर भी नहीं चाहता। यही कारण है कि ऐसे समय भगवान दुष्टों का नाश एवं सत्य, न्याय और धर्म की रक्षा करने के लिए इस भूतल पर अवतरित होते हैं। भगवान श्रीकृष्ण ने यह बात गीता में कही है और यही बात गुरु गोबिंदसिंहजी ने इस प्रकार व्यक्त की है –

जब–जब होत अरिस्ट अपारा।
तब–तब देह धरत अवतारा।

दशम गुरु गोबिंद सिंह जी स्वयं एक ऐसे ही महापुरुष थे, जो उस युग की आतंकवादी शक्तियों का नाश करने तथा धर्म एवं न्याय की प्रतिष्ठा के लिए भारत में अवतरित हुए। इसी उद्देश्य को स्पष्ट करते हुए उन्होंने कहा था :

"मुझे परमेश्वर ने दुष्टों का नाश करने और धर्म की स्थापना करने के लिए भेजा है।"

गुरु गोबिंदसिंहजी क्रांतिकारी युग-पुरुष थे। वे एक स्वतंत्र अध्यात्म चिन्तक, भारतीय परंपराओं के संवर्द्धक, निष्ठावान धर्म-प्रवर्तक, सामाजिक समता और सामाजिक न्याय के संस्थापक, मानवतावादी लोक नायक और एक शूरवीर राष्ट्र नायक थे। वे सत्य, न्याय, सदाचार, निर्भीकता, दृढ़ता, त्याग एवं साहस की प्रतिमूर्ति थे।

विभिन्न गुरुओं, भक्तों एवं सन्तों की वाणियों का गुरु ग्रन्थ साहिब में संकलन है। भाई मणि सिंह जी गुरु साहिब के एक दीवान (मंत्री) थे। भाई मणिसिंह ने गुरु गोबिंद सिंह की रचनाओं को एक जिल्द (दशमग्रंथ) में प्रस्तुत किया था। गुरु गोबिंद सिंह ने अपना अंतिम समय निकट जानकर अपने सभी शिष्यों को एकत्रित किया और उन्हें मर्यादित तथा शुभ आचरण करने, देश से प्रेम करने और सदा दीन-दुखियों की सहायता करने की सीख दी। उन्होंने यह भी कहा कि अब उनके बाद कोई देहधारी गुरु नहीं होगा और गुरुग्रन्थ साहिब ही आगे गुरु के रूप में उनके शिष्यों का मार्गदर्शन करेंगे।

गुरु गोबिंद सिंह का देहांत

औरंगजेब की मृत्यु के बाद दिल्ली के तख्त के लिए जद्दोजहद शुरू हो गई। तब गुरु गोबिंद सिंह ने औरंगजेब के दूसरे पुत्र, बहादुर शाह का साथ दिया। गद्दी पर बैठने के बाद उसने गुरु गोबिंद सिंह को ससम्मान दिल्ली बुलवाया। बहादुर शाह से गुरु गोबिंद सिंह की दोस्ती की बात सुनकर वजीर खां बहुत चिंतित हुआ। उसे डर था कि गुरु गोबिंद सिंह बादशाह से उसकी शिकायत न कर दें। इसलिए उसने गुल खां नामक एक पठान को लालच देकर गुरु के पास भेजा, ताकि वह धोखे से गुरु गोबिंद सिंह को मार डाले। एक दिन जब गुरु गोबिंद सिंह अपने शिविर में दोपहर के समय विश्राम कर रहे थे, तब गुल खां ने अचानक उन पर छुरे से वार करना चाहा। गुरुजी ने उसी समय अपनी तलवार से उसे मार डाला। इस संघर्ष में गुरुजी को भी कई

चोटें लगीं। लेकिन चिकित्सकों की मदद से धीरे-धीरे घाव भरने लगे और वह सिख संगत को फिर उपदेश देने लगे। एक दिन जब गुरुजी धनुर्विद्या का अभ्यास कर रहे थे, तब कमान खींचते समय उनके घाव फिर हरे हो गए। वे घाव दोबारा भरे नहीं जा सके।

एक दिन उन्होंने सिख संगत को बुलाकर कहा, "अब मेरा अंतिम समय आ गया है। मेरे मरने के साथ ही सिख सम्प्रदाय में गुरु परंपरा समाप्त हो जायेगी। भविष्य में सम्पूर्ण खालसा ही गुरु होगा। आप लोग 'ग्रन्थ साहिब' को ही अपना गुरु मानें।" और फिर उसके बाद 7 अक्टूबर, 1708 को गुरु गोबिंद सिंह का देहांत हो गया।

आज मानवता स्वार्थ, संदेह, संघर्ष, हिंसा, आतंक, अन्याय और अत्याचार की जिन चुनौतियों से जूझ रही है, उनमें गुरु गोबिंद सिंह का जीवन-दर्शन हमारा मार्गदर्शन कर सकता है।

•••

प्रश्नोत्तर

1. गुरु गोबिंद सिंह के पिता का क्या नाम था?

   (अ) गुरु अंगद (ब) गुरु नानक

   (स) गुरु हनुमान (द) गुरु तेग बहादुर

2. गुरु गोबिंद सिंह के बचपन का क्या नाम था?

   (अ) गोविंदराय (ब) माधो

   (स) जुआर सिंह (द) सरदार

3. गुरु गोबिंद सिंह ने बैसाखी पहली बार कब मनाई?

   (अ) 2 मार्च 1947 (ब) 3 मार्च 1699

   (स) 3 मार्च 1799 (द) 3 मार्च 1698

4. गुरु गोबिंद सिंह के आह्वान पर अपना बलिदान देने के लिए सबसे पहले कौन हाजिर हुआ?

   (अ) दया राम खत्री (ब) हठिराय

   (स) दौलतराम (द) भुल्लन

5. खालसा का क्या अर्थ है?

   (अ) धनी (ब) निर्धन

   (स) खलासी (द) निर्मल यानी की खालिस

6. माता सुंदरी जी कौन थी?

(अ) अजीत सिंह की मां (ब) चित्तौड़ की रानी

(स) वीरांगना (द) पंजाब की रानी

7. गुरु गोबिंद सिंह के नगाड़े का क्या नाम था?

(अ) कंवलजीत (ब) सुदर्शन

(स) रणजीत नगाड़ा (द) परमजीत

8. हरियाणा पंचायत के गुरु की ओर से कितने सैनिक लड़े?

(अ) 1400 (ब) 1200

(स) 120 (द) 1250

9. गुरु पुत्रों के बलिदान का बदला किसने लिया?

(अ) बंदा वैरागी ने (ब) रामदीन ने

(स) गुरु तेग बहादुर ने (द) सुभाष चंद्र बोस ने

10. गुरु गोबिंद सिंह का देहांत कब हुआ था?

(अ) 1707 (ब) 1708

(स) 1709 (द) 1710